破局予定の悪女のはずが、冷徹公爵様が別れてくれません！ 3

琴子

B's-LOG BUNKO
ビーズログ文庫

イラスト／宛

Contents

グレース・
センツベリー
小説『運命の騎士と
聖なる乙女』に登場する
強欲悪女に転生した侯爵令嬢。
死亡フラグ回避のため
ゼイン様を弄んで別れるはずが?
ゼイン・ウィンズレット
“冷徹公爵”と呼ばれる
シーウェル王国の筆頭公爵家の主。
悪女と噂されるグレースに
次第に惹かれていく。
3
Characters
破局予定の悪女のはずが、
冷徹公爵様が別れてくれません!

エヴァン・ヘイル
グレースの護衛騎士。その場の空気を読まない最強のメンタルの持ち主。
マリアベル・ウィンズレット
ゼインの愛する妹。グレースのことが大好き。
ランハート・ガードナー
ガードナー侯爵家の次期当主。女性関係の噂が絶えない色男。グレースを気に入っている。
シャーロット・クライヴ
子爵令嬢。小説の正ヒロイン。

プロローグ

「ねえ、私のこと好き？」

「もちろん。娘《むすめ》のあなたが一番大切よ」

「ああ、そうだな」

——嘘《うそ》つき。お互《たが》い愛人に夢中の仮面夫婦《ふうふ》で、娘に興味なんてなかったくせに。

「ねえ、私のこと好き？」

「付き合ってるんだから当たり前だろ。いちいちそういうの聞くなって」

——嘘つき。一番の好きな子は諦《あきら》めたって陰《かげ》で言ってたくせに。

「ねえ、私のこと好き？」

「好きに決まってるじゃん！　親友なんだから」

——嘘つき。私が遊びに誘《さそ》っても、他の子を優先するくせに。

みんな嘘《うそ》つきで、私のことを心から一番に愛してくれる人なんていない。

だからこそ、大好きな小説『運命の騎士《きし》と聖なる乙女《おとめ》』のヒロイン、シャーロット・クライヴに転生したと気付いた時は、本当に本当に嬉《うれ》しかった。

だって、ゼイン様はシャーロットだけを一生愛してくれるから。

世界で一番格好良くて、優《やさ》しくて強くて誠実な、私だけの素敵《すてき》な王子様。

早く小説通りに出会える日を――傷付いた彼を救う日を、心待ちにしていたのに。

『私はもう、ゼイン様のことが好きじゃないんです。むしろ、き、嫌《きら》いです！　さっさと別れてください！』

『それでも俺は、君が好きだ』

舞踏会《ぶとうかい》で傷付き涙《なみだ》を流しているはずのゼイン様は、端役《はやく》の悪女であるグレースなんかに愛を囁《ささや》いていて、頭が真っ白になった。

グレースに捨てられたゼイン様にこの白いハンカチを渡《わた》して、私達の物語は始まるはずなのに、なぜそんなにも嬉しそうに笑っているのか分からない。

『君は本当に嘘が下手だな。そんなところも好きだよ』

『俺は君と、絶対に別れるつもりはない』

どうして私以外の女性を愛しているのか、愛《いと》おしげに触《ふ》れてキスをしているのか、理解できない。二人の姿を遠くから見つめるだけの私がまるで、端役のようだった。

驚《おどろ》いてしまったけれど、きっとゼイン様は悪女のグレースに騙《だま》されているだけ。

どこかでかけ違《ちが》えたボタンを私が直してあげれば、小説の通りになるはず。

「大丈夫《だいじょうぶ》。絶対に私がゼイン様を救ってあげるから」

——だってゼイン様にとっての幸せは、シャーロット《私》の側《そば》にいることなのだから。

1 幸せな日々

「お嬢様《じょうさま》、奥のテーブルの注文をお願いします。俺はこちらを片付けておきますから」

「分かったわ。ありがとう、エヴァン」

国内でも指折りの実力を持つ騎士《きし》だとは思えないほど、誰《だれ》よりもてきぱきと働くエヴァンに返事をして、私は奥のテーブルへと向かう。

最近はミリエルで開いている食堂に、週に一度ほど顔を出して働いていた。

オープニングメンバーのアニエスとジャスパー、ローナ、そして時折お手伝いとして来てくれているローナの姉であるジータの四人で、お店は既《すで》に回るようになっている。

奥のテーブルに座っていたのは、見覚えのある年配のご夫婦《ふうふ》だった。

「わあ、今日も来てくださったんですね」

「ええ。お料理も美味《おい》しいし、子ども達のためになるのも嬉《うれ》しくてねえ」

「あ、ありがとうございます……！」

そんな言葉に胸がいっぱいになるのを感じながら、笑顔《えがお》を向ける。

この食堂は、お腹《なか》を空《す》かせた子どもが無料で美味しいご飯を食べられるようにと願い、作ったものだ。前世でド貧乏《びんぼう》だった私も、そんなお店に心身共に救われていた。

子ども達の食事代は一般《いっぱん》のお客さんの売り上げで賄《まかな》っており、最初はこの世界には存在しないシステムが受け入れられるか、店自体が成り立つかも不安だった。

けれどこの店の方式が広まってからというもの「少しでも力になれたら」と賛同し、足を運んでくれる人も増えている。お蔭《かげ》で店は賑《にぎ》わい、黒字で経営することができていた。

いずれはこういった店がさらに広がり、増えてほしいという新たな目標を掲《かか》げている。

「……ふふ、夢は大きくないとね」

「お嬢様、にやけ顔が恐《おそ》ろしいですよ。子どもに怯《おび》えられるかと」

「うっ……気を付けるわ」

エヴァンに遠慮《えんりょ》なく注意され、慌《あわ》てて明るい笑顔を作った。

悪女は卒業したつもりでいるものの、はっきりした目鼻立ちや大きなつり目のせいで、きつい印象を与《あた》えたり、にやけ顔は悪事を企《たくら》んでいるように見えたりするらしい。

——そんな小説の悪女、グレース・センツベリーとして転生してから、一年が経《た》つ。

当初は舞台《ぶたい》装置として主人公のゼイン様の恋人《こいびと》になり、こっぴどく振《ふ》るつもりだった。

けれど別れてくれない彼から何度逃《に》げても捕《つか》まってしまい、いつしかゼイン様を好きになってしまった私は、紆余曲折《うよきょくせつ》を経て、彼と生きていく決意をした。

戦争やグレースの死亡回避《かいひ》などまだまだ問題は山積みだけれど、周りの大好きな人達を大切にしながら、自分のできることをひとつひとつしていきたいと思っている。

「ヤナ、パスタセットをふたつお願い」

「分かりました」

ヤナも侯爵《こうしゃく》家のメイドでありながらエヴァン同様、手慣れた様子で働いてくれている。

彼女にできないことは存在するのかと本気で思うほど、髪結《かみゆ》いなどの私の身支度《みじたく》をするスキルはもちろん、家事掃除《そうじ》から食堂での接客まで完璧《かんぺき》だった。

それでいて演技もでき、恋愛《れんあい》に関する的確なアドバイスまでしてくれる。もうヤナなしの生活は考えられないくらい、彼女にはお世話になりっぱなしだ。

「ローナは先に飲み物を用意してくれる？」

「はあい、了解《りょうかい》です！」

明るい茶髪《ちゃぱつ》を一つに括《くく》り、真っ赤なリボンがトレードマークのローナは十六歳で、元気はつらつな明るい女の子だ。

最近は常連客の男性と良《い》い感じらしく、恋愛話を聞くのも楽しみだったりする。

料理ができた合図であるカランコロンというかわいらしい木の音が聞こえてきて、手が空いたばかりの私は厨房《ちゅうぼう》へ軽い足取りで向かった。

「……お子様ランチ、三つ」

「ありがとう、ジャスパー」

厨房を担当するジャスパーは少し長いグレーの髪《かみ》がよく似合う、中性的な美少年だ。寡黙《かもく》だけど、とてつもなく仕事が速くて細やかな気遣《きづか》いができる彼は、この食堂の要と言っても過言ではないだろう。

「今日もすっごく美味しそうね」

「……どうも」

もう一度お礼を言って、出来たてのお子様ランチを手に子ども向けのスペースへ向かう。

近頃《ちかごろ》は本やおもちゃを寄付してくれるお客さんも多く、遊びに来る感覚で訪《おとず》れる子ども達も増えているようだった。

新たな友達を連れてきてくれる子もいて、より広がっているのを感じる。

「お待たせしました、どうぞ」

「わあ、美味しそう！」

テーブルにプレートを置くと、子ども達はぱあっと目を輝《かがや》かせた。そしてきちんと遊んでいたおもちゃを片付け、料理を食べ始める。

「とってもおいしい！」

「私、このあまいお肉がすきなんだ」

「ふふ、良かった。たくさん食べてね」

本来なら私が働く必要はないけれど、こうして直接お客さんや子ども達の声を聞けるのが嬉しくて、今も手伝いを続けていた。

そして私が食堂に来ている間、エヴァンもヤナも「手伝いたい」「こうして働くのは新《しん》鮮《せん》で楽しい」と言ってくれていて感謝してもしきれない。

「お嬢様、すみません。ゴミを捨てるために外へ行ったら、代わりに女性を十人ほど拾ってきてしまいました」

「ええっ⁉ それと、お客さんに対して拾うとか言わないの」

いつもながら顔の良さでこっそりと女性客を連れてきてくれるエヴァンに再び感謝をしながら、私は急いでその対応へと向かったのだった。


今日は三時間ほど手伝うつもりが、結局閉店まで働いてしまった。

ありがたいことに店は大盛況《だいせいきょう》で、休む間もないくらいだ。元の世界でのレシピやシステムを活《い》かしているため、この世界では珍《めずら》しいことも人気の理由の一つなんだとか。

「ふう、良い汗《あせ》かいた」

最後のお客さんを外まで見送り、表に出していた看板を裏の倉庫まで運ぶ。

無事にしまって倉庫の扉《とびら》を閉めた後は一息つき、再び店へと向かう。

「ゼイン様は今、何をしているのかしら」

ふとした時に思い出すのはやはり、大好きな彼のことで。未《いま》だにゼイン様みたいな素敵《すてき》な人の恋人になれたなんて、信じられない。

ゼイン様のことを考えるだけでくすぐったくて幸せで、足元がふわふわする。

けれど最近はとても忙《いそが》しいらしく、ここ二週間ほど顔を見ることができていなかった。

「……会いたい、なあ」

会いたい気持ちはあるけれど、我《わ》が儘《まま》を言って多忙《たぼう》な彼の邪魔《じゃま》にはなりたくない。

今日は帰宅したら近況《きんきょう》報告の手紙でも書こうと決めて、食堂のドアを開ける。

「みんな、お疲《つか》れさ――」

そうして店内へと足を踏《ふ》み入《い》れた私は、そこまで言って固まった。

中央のテーブルには、ここにいるはずのない彼の姿があったからだ。

「ゼ、ゼイン様……どうして……」

「かわいい恋人を迎《むか》えにきたんだ。お疲れ様」

入り口寄りの椅子《いす》に座るゼイン様は金色の両目を柔《やわ》らかく細め、笑《え》みを浮《う》かべている。

落ち着いた私服姿の彼は今日も眩《まぶ》しくて、その圧倒的《あっとうてき》な美貌《びぼう》に慣れることはない。

私は今日ここへ来るなんて伝えていないのにどうして、と不思議に思ったけれど、すぐに考えるのをやめた。

ゼイン様に居場所がバレることなど、今に始まったことではない。

「ぺぴぽ！　ぷぴ！」

私達が食堂で働いている間、裏で良い子に寝《ね》ていたハニワちゃんは、嬉しそうにゼイン様へ飛びつく。身体《からだ》に巻かれたピンクのリボンが、羽のようにぱたぱたと揺《ゆ》れている。

「ああ、俺もだよ」

「ぷぴ！」

ハニワちゃんは嬉しそうにすりすりと頬《ほお》ずりしており、ゼイン様のことが心の底から大好きなのが丸分かりで、なんだか恥《は》ずかしくなった。

使《つか》い魔《ま》は主《あるじ》と意識や記憶《きおく》を共有するため、好むものも同じだと言われているからだ。

「ここからは二人きりにしてくれるか？」

「ぷぽ！　ぴ！」

「ありがとう、良い子だな」

ハニワちゃんの頭を撫《な》でたゼイン様は立ち上がり、エヴァンとヤナに「後は俺に任せてくれ」なんて言うと、立《た》ち尽《つ》くす私のもとへ向かってくる。

そして戸惑《とまど》う私の手を取り、ドアへと歩き出す。

「行こうか」

「えっ？　あの、どこに……？」

「侯爵邸《こうしゃくてい》まで送るよ」

エヴァンやヤナ、従業員の子達も笑顔で手を振り、見送ってくれる。

そのまま裏口から見慣れない地味な馬車に乗り、ゼイン様の隣《となり》に座らされたところで、窓ガラスに映る自分と目が合った。

「あっ」

今の私は変装のために地味な装《よそお》いであることを思い出し、以前エヴァンに「赤《あか》ん坊《ぼう》みたいで良いですね」と笑われた帽子《ぼうし》を慌てて取る。

そんな私を見てゼイン様はくすりと笑うと、すぐ目の前まで顔を近づけてきて、私が掛《か》けている分厚いレンズの眼鏡をそっと外した。

「君はどんな姿でもかわいいよ」

「……っ」

文句のつけようのない美しい顔を間近で浴びたこと、何より本気で私のことをかわいいと思ってくれているのが伝わってきて、鼓動《こどう》が速くなる。

やがて馬車は侯爵邸へ向かって走り出し、だんだんと食堂が小さくなっていく。

隣から視線を感じて顔を向けると、ゼイン様はじっとこちらを見ていた。

「どうかしました？」

「茶髪も新鮮だな。少し大人びて見える」

食堂で働いている間は魔法《まほう》で染めていて、お湯で流さないと元に戻《もど》すことはできない。

ゼイン様は楽しげに私の髪を一束掬《すく》い取《と》って軽く口付けるものだから、小さく悲鳴を上

げそうになるのを必死に堪《こら》えた。

「ら、来週までずっと忙しいから会えないと言っていたので、驚《おどろ》きました」

「今日は早めに仕事が終わったから、少しでも顔を見たくて来たんだ」

膝《ひざ》の上に置いていた手に、自然にするりと彼の指先を絡《から》められる。

お互《たが》いに好きだと伝え合い、改めて恋人という関係になってからもうすぐ一ヶ月が経つのに、私はまだまだ些細《ささい》なことでドキドキしてしまう日々を送っていた。

「……ありがとうございます。実はさっき、私もゼイン様に会いたいと思っていたので、すごく嬉しいです」

「それなら良かった。本当は食事もしていきたかったんだが、今日は姿を変える時間がなかったから迷惑《めいわく》だと思い、終わるまで待っていたんだ」

あれからゼイン様も一度だけ、以前と同じく姿を変えて食堂に来てくれた。

本来の姿ではあまりにも目立ちすぎるし、彼ほどの上位貴族が来ているとなると、他の平民のお客さんや子ども達が気後《きおく》れしてしまうからだ。

『やはり美味しいな』

『ああ、今月のデザートもおすすめだぞ』

ゼイン様と一緒《いっしょ》に来てくれていたアルはもはや常連で、一人でも来てくれている。いつものと言うと、お気に入りのハンバーグランチが出てくるくらいだ。

子どもだからお金はいらないと言うと「誰が子どもだ！　それに俺はかなり稼《かせ》いでいるんだぞ」と怒《おこ》るため、しっかりお金はいただいてしまっていた。

ゼイン様の命により私を監視《かんし》していたことに対する報酬《ほうしゅう》でもあると思うと、それが私のもとへ巡《めぐ》ってくるのはなんとも奇妙《きみょう》すぎる。

「食堂の経営も順調だと、さっきヘイルから聞いたよ。従業員達も仲が良いんだな」

「はい、お蔭様《かげさま》で。従業員の子達には身の上を打ち明けたことで、色々と気を遣《つか》わせてしまっているとは思いますが……みんな一生懸命《いっしょうけんめい》働いてくれて、とても助かっています」

――私の身分については隠《かく》し続ける予定だったけれど、エヴァンがうっかり「グレースお嬢様」とみんなの前で呼んだことがきっかけで、バレてしまった。

元々は貴族も訪れるレストランで働いていたアニエスが悪女時代のグレースを見かけたことがあり、面影《おもかげ》があるため同一人物なのではないかと尋《たず》ねられたのだ。

働く中でグレース・センツベリーの噂《うわさ》も色々と聞いていたらしく、誤解を解くためにも私は従業員の子達に改めて自己紹介《しょうかい》をして、隠していた理由も説明した。

『すっごく驚きましたけど、私達や平民相手にも丁寧《ていねい》に接している姿を見ているので、今更《いまさら》オーナーを悪く思ったりなんてしませんよ』

『そうそう、子ども達にも優《やさ》しいし！』

少し不安だったけれど、みんなすんなり受け入れ、これからもお客さんには私のことを隠したまま働いてくれると言ってくれて安心した。

ゼイン様のことも恋人だと紹介したところ、こんなにも綺麗《きれい》な男性は初めて見たとみんな驚いていた。その気持ちは痛いほどに分かる。

「君に会うのも、ずいぶん久しぶりに感じるよ」

「そうですね。公爵邸《こうしゃくてい》で毎日のように顔を合わせていたからでしょうか」

魔道具《まどうぐ》事件の後、私はしばらくウィンズレット公爵邸で療養《りょうよう》していた。

療養とは言っても身体に異常はなく、あれほどの危険を冒《おか》した私をゼイン様が閉じ込めて見張っていた、が正解かもしれない。

『おいで、グレース』

そんな中、毎日二人きりになると、ゼイン様は宝物みたいに私に触《ふ》れ、まっすぐな言葉で愛を伝えてくれた。まるで、これまでのすれ違《ちが》っていた日々を埋《う》めるように。

私も好きだと必死に伝えれば、ゼイン様は子どもみたいに嬉しそうに笑う。その様子を見る度、どうしようもなくゼイン様を愛おしく感じて、幸せにしたいと強く思った。

「俺は早く一緒に暮らしたいと思っているよ」

「そ、そうでしたか……」

私もゼイン様の側《そば》にずっといたいと思う一方で、ゼイン様が身近にいる生活をずっとしていたら、心臓に負担がかかりすぎて身が持たない気がしている。

それに物語の悪女として死にかける未来がある私には危険が及《およ》ぶ可能性が高いため、マリアベルもいる公爵邸でずっと過ごすことにも不安はあった。

あっという間に侯爵邸に到着《とうちゃく》し、再び寂《さび》しい気持ちになりながらゼイン様を見上げる。

「ゼイン様、送ってくださって本当、に……っ」

お礼を言おうとしたところで腕《うで》を引かれ、抱《だ》きしめられた。ふわりとゼイン様の良い香りと優しい体温に包まれ、鼓動が速くなっていく。

「帰したくないな」

「……っ」

「俺がどれほど会いたかったのか、君は分かっていないだろう？」

耳元で甘くて低い声に囁《ささや》かれ、心臓が大きく跳《は》ねた。

「わ、私だって会いたかったです」

「俺とはきっと程度が違う」

ゼイン様のことがすごく好きなのに、まだまだ伝わっていない気がする。

とはいえ、私もゼイン様の愛情の大きさを分かりきっていないのかもしれない。

それでも少しでも伝わってほしくて、離《はな》れがたい気持ちを込《こ》めて、ゼイン様の服をきゅっと摑《つか》む。すると背中に回されていた腕に、さらに力が込められた。

服越《ご》しにゼイン様の少し速い心音が聞こえてきて、よりドキドキしてしまう。

「そ、そろそろ降りないと、お父様に怪《あや》しまれてしまいます……」

私を心配したお父様はずっと王都にいるため、長時間馬車の中にいては何をしていたのかと疑われてしまうはず。

寂しさを抑《おさ》えつけてゼイン様の胸元《むなもと》を両手で押して離れ、顔を上げると、至近距離《きょり》で視線が絡んだ。薄暗《うすぐら》い中でも熱を帯びた金色の瞳《ひとみ》は輝いていて、目が逸《そ》らせなくなる。

「……好きだよ」

ひどく甘くて優しい声が耳に届くのと同時に、再び私達の距離はゼロになった。

柔らかな感触《かんしょく》と温《ぬく》もりには、まだまだ慣れそうにない。

「本当に好きだ」

唇《くちびる》が離れた後、耳元で囁かれる。甘すぎる雰囲気《ふんいき》やするりと首筋に這《は》う指先に、くらくらと目眩《めまい》がした。顔だけでなく、何もかもが火照《ほて》って仕方ない。

ゼイン様のキスは絶対に一度では終わらないことに気付いたのは、いつだっただろう。

「わ、私も好きです」

「ああ」

何度も繰《く》り返《かえ》し唇を重ね合いながら、大好きなゼイン様とこうして結ばれることができて幸せだと、心から思った。

翌日の昼下がり、私は自室で分厚い本へと視線を落としながら、深い溜《た》め息《いき》を吐《つ》いた。

「愛の力って何なのかしら……」

「そのセリフ、恥ずかしくないですか？」

「黙《だま》ってちょうだい」

側に控《ひか》えていた失礼なエヴァンを咎《とが》めつつ、そっと本を閉じる。

聖女に関する文献《ぶんけん》は一通り目を通したつもりだけれど、やはり聖女の力に目覚めるきっかけとされる「愛の力」については何も書かれていなかった。

――ゼイン様やマリアベルのお母様であり、前公爵《こうしゃく》夫人《ふじん》だったロザリー・ウィンズレット様のように、この世界には稀《まれ》に聖女が現れる。

聖女がどうやって目覚めるのか、聖女となる人間はどう選ばれているのか、といった疑問について書かれている文献も、見つからなかった。

私とゼイン様が結ばれたことで小説のストーリーが大きく変わった以上、今後の展開が変わることも考えられる。

けれど時系列のずれはありつつも、これまで小説通りに様々な事件が起きているため、戦争が起こらない保証はない。

「……シャーロットが目覚めるのは、ゼドニーク王国が攻め込んできた時だったはず」

傷付いたゼイン様を救いたいと願った時、シャーロットの聖女の力が発現《せ》する。

やはり世界を救うシャーロットには聖女の力に目覚めてもらわないと困るものの、ゼイン様と愛し合う未来がないとすれば、他の方法を探さなければならない。

「……はあ」

我ながら自分勝手な願いだとは分かっているけれど、どちらも譲《ゆず》るわけにはいかない。

魔道具を破壊《はかい》した際、瘴気《しょうき》を浴びて危険な状態だった私を救ってくれた金色の光が何だったのかも、未だに分からないまま。

そして気がかりなのは、これだけではなかった。

「来週にはクライヴ男爵令嬢《だんしゃくれいじょう》のお茶会もありますしね」

「そう、それも気が重いのよね……」

これまで関わりがほとんどないシャーロットが、なぜ自宅での私的なお茶会に私を招待したのか分からない。

そもそも私達ほどの身分差があれば、いきなりの招待など失礼に当たるはず。

何よりゼイン様とシャーロットがキスしていると誤解してしまった時の表情を見る限り、ゼイン様に対してシャーロットが好意を抱《いだ》いているのは明白だった。

聖女の力のヒントを見つけるためにも、シャーロット自身のことやその真意について知りたくて参加すると返事をしたものの、憂鬱《ゆううつ》で仕方がない。

大好きな作品の憧《あこが》れのヒロインが恋《こい》のライバルになるかもしれない日が来るなんて、想像すらしていなかった。

「ぱぴぽぷ……？」

「ありがとう、ハニワちゃん」

私が思《おも》い悩《なや》んでいることに気付いたのか、テーブルの上におすわりしていたハニワちゃんは心配げな顔をして、私の指にきゅっと抱きついた。

かわいさに胸をときめかせながら、よしよしともう一方の手で頭を撫でる。

「そもそも瘴気を浄化《じょうか》できるのは聖女だけなのよね」

「はい。間違《まちが》いなく」

私の側に立ち、退屈《たいくつ》そうにパラパラと本を捲《めく》っているエヴァンは即座《そくざ》に頷《うなず》く。

それなら私が見たあの光は、聖女の力だったのだろうか。あの場にシャーロットはいなかった以上、小説の主人公であるゼイン様の力だった可能性もある。

「あの光が何か分かれば、少しは糸口が見えそうなのに……」

「お嬢様が聖女だったりして」

「もう、そんなわけないじゃない」

端役の悪女がヒロインの力に目覚めるなんて、原作崩壊にも程がある。

エヴァンの冗談《じょうだん》に笑っていると、ノック音が室内に響《ひび》いた。

「お嬢様、マリアベル様がいらっしゃいました」

「ありがとう、すぐに向かうわ」

ヤナに返事をして立ち上がり、玄関《げんかん》ホールへと向かう。

ゼイン様が多忙なため、今週は公爵邸へ遊びにいくのをやめると伝えたところ、マリアベルは我が家に遊びに来たいと言ってくれた。

私も大好きなマリアベルには毎日会いたいくらいだし、快諾《かいだく》して今に至る。

「グレースお姉様、こんにちは！」

「ようこそ、マリアベル。今日も世界一かわいいわ」

天使のように愛らしい笑顔のマリアベルを、ぎゅうっと抱きしめる。するとすぐに「嬉しいです」と抱きしめ返してくれて、顔が溶《と》けるかと思った。

ハニワちゃんにも会いたいとのことで自室へ案内すると、マリアベルのことが大好きなハニワちゃんは、彼女を見るなりすぐに飛びついた。

「ぱぴぱ！　ぺぷ！」

「ふふ、かわいい。今日はハニワちゃんにお洋服を持ってきたの」

二人が仲良く触れ合う姿はあまりにも愛らしくて、笑みがこぼれる。

それからはお茶をしながら、ゆっくりお喋《しゃべ》りをした。最近は自分が作ったものだけでなく、公爵邸の料理長が作ったものも食べられるようになったそうで、本当に良かった。

「ぷ？」

「良かった、ぴったりです！」

マリアベルはハニワちゃんサイズの洋服を用意してきてくれて、ピンク色のフリフリのドレスを着せてあげている。

ハニワちゃんも嬉しいのか「ぴ！」とはしゃいでいて、本当にかわいい。

「お姫《ひめ》様みたいね」

「ははっ、こんな似合わないことがあ――痛っ」

「とってもかわいい！　良かったわね、ハニワちゃん」

ほのぼの空間を台無しにする、余計な発言をしかけたエヴァンを思いきり肘《ひじ》打ちする。

ぴょこぴょこと飛び跳ねているハニワちゃんは自分の姿を見てみたくなったのか、やがて姿見の近くにある棚《たな》の上に立った。

その様子を微笑《ほほえ》ましく眺《なが》めていたものの、マリアベルが不意に「あ」と声を上げる。

「お姉様、聖女について調べていらっしゃったんですか？」

「あっ……」

ハニワちゃんの立つ棚の上には、先程《さきほど》まで読んでいた聖女に関する本が重なっていた。

先代の聖女であり、既に亡《な》くなっているお母様のことを思い出させてしまうと内心焦《あせ》ったものの、マリアベルは変わらず笑顔のままだった。

「それでしたら、ウォーレン様にお話を聞くのが良いかもしれません」

「ウォーレン様……?」

「はい。お母様の従姉弟《いとこ》ですので、お母様のことはよく知っていらっしゃいます。お母様はウォーレン様に光魔法の扱《あつか》い方も教えていたので、その際に聖魔法もよく見せてもらっていたと仰《おっしゃ》っていました」

光魔法と聖魔法は似ているらしく、どちらも貴重な治癒魔法《ちゆまほう》が使えるそうだ。

けれど、瘴気を浄化できるのは聖魔法だけ。

他属性より、使いこなすのが難しいという。

魔法を教わっていたとなれば、ロザリー様が聖女に目覚めた時の話なども知っているかもしれない。そう思った私は、隣に座るマリアベルの手を取り、両手で握《にぎ》りしめた。

「ぜひその方に話を聞かせていただきたいわ!」

「分かりました。私の方からウォーレン様にお伝えしておきますね」

「ありがとう、マリアベル」

ウォーレン様は元々、王国に仕える優秀《ゆうしゅう》な魔法使《まほうつか》いだったそうだ。今は休職中で、最近は領地でのんびりと過ごしているんだとか。

これで少しでも何か分かるといいなと思っていると、こちらへ戻ってきたハニワちゃんを抱きしめながら、マリアベルは嬉しそうに微笑んだ。

「お兄様の恋人であるお姉様にお会いできるとなると、喜ばれると思います」

「はっ」

調査の一環《いっかん》のつもりでいたけれど、立場を考えるとゼイン様の親戚《しんせき》でもあるわけで、ご挨拶《あいさつ》がメインなのではないだろうか。

恋人の親族へのご挨拶なんて、一大イベントすぎる。グレース・センツベリーの悪評だって知らないはずはないだろうし、緊張《きんちょう》や不安で冷や汗が止まらなくなった。

「ふふ、大丈夫《だいじょうぶ》ですよ。ウォーレン様はとてもお優しい方ですし、お姉様の素晴《すば》らしさはすぐに伝わると思いますから！　私からもしっかりとお話ししておきます」

「あ、ありがとう……！」

ふんす、と気合を入れた様子のマリアベルはやはり天使だと、心の中で涙《なみだ》を流す。

お会いする前に、親族へのご挨拶や良い手土産《てみやげ》についても調べなければ。

「そういえば、お姉様もシャーロット様のお茶会に参加されるんですよね？」

「えっ？」

一体なぜ、マリアベルがそのことを知っているのだろう。

「……お姉様も、ってことはマリアベルも参加するの？」

「はい。シャーロット様がご招待してくださったので」

予想外のことに驚いてしまったものの、以前「マリアベルがシャーロットとカフェにいるところを見た子がいる」という話をランハートから聞いたことを思い出す。

ゼイン様と家族ぐるみの良い関係なのではないかと言われていたくらいで、心臓が嫌《いや》な音を立てるのを感じながら、私は口を開いた。

「マリアベルはシャーロット様と、仲が良いの？」

「以前、街中のカフェで偶然相席になってから、何度かお話をしたくらいですよ。それに今回はお姉様がいるとお聞きしたので参加のお返事をしましたが、今後はあまりお付き合いをしないつもりです」

突然《とつぜん》のそんな言葉に、私は目を瞬《またた》いた。

「どうして？」

「お姉様が不安になっては困るから、シャーロット様とはなるべく関わらないようにしてほしいとお兄様に言われたんです」

「……っ」

そんな言葉を聞いた瞬間《しゅんかん》、胸をぎゅっと締《し》め付《つ》けられる感覚がした。

二人がキスをしていたと勘違《かんちが》いして泣いてしまった私を、気遣ってくれたのだろう。

どこまでもゼイン様は優しくて、私を大切にしてくれているのだと実感する。

「ありがとう、マリアベル。あなたとゼイン様のお気遣いはとても嬉しいわ。でも、私のことでマリアベルが交友関係を制限する必要はないと思うの。だから気にせず、シャーロット様と交流してちょうだい」

だからこそ、いつまでも弱気になんてなっていられない。些細なことで不安になってしまっていた自分が、恥ずかしくなる。

するとマリアベルは慌てた様子で「違うんです！」と首を左右に振った。

「お兄様に言われたのがきっかけではあるのですが、そもそも私にとって一番大切なのはお姉様ですから。他の方との時間が惜《お》しいと思うくらい、お姉様が大好きです」

「マ、マリアベル……私もマリアベルのことが大好きで、すごく大切よ」

「ありがとうございます。そもそも私のお姉様はグレース様だけですし、お兄様に近づくご令嬢《れいじょう》はグレースお姉様しか認めませんから！」

マリアベルの熱い想《おも》いに胸を打たれ、再びぎゅっと抱きしめる。

「ありがとう。私の妹だって、マリアベルだけだからね」

するとマリアベルは「嬉しいです」「この先もずっとですよ？」と微笑む。

愛らしくて優しいマリアベルを救うことができて、本当に良かった。この先何があっても絶対に守ってみせると、改めて強く思った。

「当日は一緒に行きませんか？　私と歳《とし》が近い方はいないでしょうし、少し不安で」

「もちろんよ、私も嬉しいわ」

まともに社交界に友人もいないため、マリアベルが一緒となると心強い。

とにかく当日はヒロインであるシャーロットがゼイン様をどう思っているのか、そして聖女の力が芽生えつつあるのかなど、様子をしっかり窺《うかが》おうと気合を入れた。


そして迎えた、シャーロット主催《しゅさい》のお茶会当日。私は先日ゼイン様から贈《おく》られてきたドレスとアクセサリーを身に着け、馬車に揺られていた。

「グレースお姉様、とっても素敵です！　さすがお兄様、よく分かっていますね」

向かいでは、両手を合わせたマリアベルが嬉しそうに微笑んでいる。

今日のドレスは淡《あわ》いレモンカラーで、華《はな》やかなレースと繊細《せんさい》な花の刺繍《ししゅう》がかわいらしさを引き立てていた。髪飾《かみかざ》りもピアスもドレスに合わせたもので、華やかさが増している。

胸元ではゼイン様に以前いただいた、イエローダイヤモンドのネックレスが輝いていた。

「ありがとう、そう言ってもらえて嬉しいわ」

――ゼイン様に嫌《きら》われようとするのをやめたため、悪女のフリをする必要はない。もうド派手な原色カラーの装いや、顔がきつく見える化粧《けしょう》はやめるつもりだった。

それだけでもかなり印象が変わるし、この先もゼイン様の隣で生きていくと決めた以上、少しずつ社交界での悪いイメージを払拭《ふっしょく》していけたらと思っている。

やがてクライヴ男爵邸《だんしゃくてい》に到着し、馬車から降りて、おとぎ話に出てきそうなかわいらしい真っ白なお屋敷《やしき》を見上げた。

ヒロインの実家にぴったりだと思いつつ、緊張しながらメイドに案内されてマリアベルと共に敷地《しきち》内へと足を踏み入れる。

庭園もかわいらしくて素敵で、シャーロットによく似合うという感想を抱く。

その奥へと進むと、真っ白なテーブルの上には豪華《ごうか》な料理やお菓子《かし》がずらりと並び、既に十五人ほどの令嬢の姿があった。

お茶会というより、ガーデンパーティーに近い気がする。想像していたよりもずっと規模が大きくて驚いてしまった。

「まあ、グレース様よ。本当にいらっしゃったのね」

「なんだか雰囲気が変わられて……一瞬《いっしゅん》、誰かと思いましたわ」

楽しそうにお喋りしていた令嬢達は私に気が付くと、分かりやすく眉《まゆ》を寄せる。その様子からは、グレース・センツベリーへの嫌悪《けんお》感がはっきり見てとれた。

これまでもこういった目を向けられることはあったけれど、この場にいる全ての人からそれを感じて、冷や汗が流れる。

ゼイン様とのことだけでなくランハートと浮気《うわき》作戦を企てたことで噂が流れ、よりイメージが悪くなったのかもしれない。

「あちらのダナ様はとてもお優しい方で、以前からお世話になっているんです」

「そうなのね。ぜひ後でご挨拶したいわ」

私の不安に気付いたらしい天使のマリアベルは、少し離れた場所にいる桃色《ももいろ》のドレスを着た美女を手で指し示してくれた。

ラベンダー色の髪がよく似合う彼女は、私と同じ侯爵令嬢《こうしゃくれいじょう》だという。

マリアベルがそう言うのだから、よほど優しくて素敵な方に違いないし、ぜひ親しくなりたい。後で勇気を出して声をかけてみようと決意した。

「グレース様、マリアベル様、来てくださりありがとうございます！」

そんな中、愛らしい笑みを浮かべたシャーロットが駆《か》け寄《よ》ってくる。

今日も彼女はかわいくて眩しくて、小説のヒロインそのものだった。

同時にシャーロットが以前ゼイン様へ向けていた恋する表情が脳裏《のうり》に蘇《よみがえ》ったものの、ぎゅっと両手を握りしめて笑顔を作った。

「本日はお招きいただき、ありがとうございます」

ひとまず招待に対する形式ばったお礼をする。私に続いて挨拶をするマリアベルはお辞《じ》儀《ぎ》もとても綺麗で、流石《さすが》の公爵令嬢《こうしゃくれいじょう》の貫禄《かんろく》に思わず見惚《みと》れてしまった。

「私、お美しくて凛《りん》としたグレース様に憧れていたので、来ていただけて嬉しいです！」

予想外の言葉に驚きつつ、両手を握りしめて熱く語る姿を見る限り事実らしい。

以前ランハートといる時にも「素敵」「見惚れた」と言っていたし、正反対な相手に惹《ひ》かれるものがあるのだろうか。

なぜ招待されたのかという、一番の疑問の答えを早速《さっそく》知ることができてしまった。

「あ、ありがとうございます」

「私には敬語なども必要ありませんし、ぜひシャーロットとお呼びくださいね」

そういえば前は悪女のフリをしていたから、敬語もなく強い物言いをしてしまっていたことを思い出す。急に態度が変わって、変に思われてしまったかもしれない。

「どうか楽しんでいってください」

ゼイン様に対する彼女の気持ちや、聖女の力について気になったものの、直接尋ねられるはずもなく。再び挨拶回りへと向かう彼女を見送ることしかできなかった。

後でまた話をする機会があることを祈《いの》っていると、二人の令嬢がこちらへやってきた。

「マリアベル様、ご無沙汰《ぶさた》しております。お会いできて嬉しいですわ」

「はい、お久しぶりです」

「あまりにも愛らしくて、妖精《ようせい》かと思ってしまいました」

彼女達は完全に私を視界に入れておらず、マリアベルにだけ話しかけている。

「今日はこちらのグレース・センツベリー様と一緒に来たんです。良ければご紹介を」

「いえ、グレース様のことはよーく存じ上げていますわ」

「そうそう。以前わたくし達、とってもお世話になりましたから」

マリアベルも気を遣って、私を紹介しようとしてくれた。

けれど彼女達はどうやら過去にグレースと何かあったらしく、棘《とげ》のある言葉や態度からは関わりたくないというのが伝わってくる。どうせグレースが全面的に悪いに違いない。

「まあ、そうだったんですね。ご挨拶が遅《おく》れて申し訳ありません。実は私、事故で少し記憶を失っていて……過去、皆《みな》さんに失礼なことをしてしまっていたらごめんなさい」

申し訳なさを全面に出しながら、過去のグレースの分まで謝罪する。

「ま、まさかグレース様に謝られる日が来るなんて……」

すると彼女達は信じられないという顔で、私の顔を凝視《ぎょうし》した。

グレースは端役《はやく》のため、細かな悪事については小説に描《えが》かれていなかったものの、よほど過去とのギャップがあるのだろう。帰宅後、エヴァンに色々と聞いてみなければ。

これ以上空気を壊《こわ》したくなくて、私はぺこりと頭を下げると、その場を後にした。彼女達はマリアベルに対しては好意的だったし、問題ないはず。

「分かっていたことではあるけれど、やっぱり嫌われているって辛《つら》いわ……」

悪女だったグレースの爪痕《つめあと》は今も残っていて、この先もまだまだ苦労しそうだ。

とはいえ、ゼイン様と生きていく以上、悪いイメージは少しでも払拭したい。

へこんでいる暇《ひま》があるのなら、積極的に行動すべきだろう。そう思った私は、近くにいた小柄《こがら》で穏《おだ》やかそうな令嬢に声をかけてみることにした。

「あの、このお菓子、美味しいですね」

「はあ？」

「……………すみません、何でもありません」

けれど彼女の方は私と交流する気などないらしく、一瞬にして空気が凍《こお》りつく。

たった一言から、とてつもなく強い怒《いか》りを感じ、過去のグレースは彼女に一体何をしでかしたのだろうと気になった。

とほほと肩《かた》を落としながら、テーブルに置かれていたグラスを手に取る。

「きゃっ」

「あら、ごめんなさい。わざとではないんですよ」

すると後ろから来た令嬢とぶつかり、ドレスにジュースの中身がかかってしまった。

振り返った先には先程マリアベルが「とてもお優しい方」と言っていた、桃色のドレスを身に纏《まと》う、ダナ様という令嬢の姿があった。

「グレース様も手が滑《すべ》るくらいは許すべきだと、以前仰っていましたよね？」

嫌味《いやみ》が感じられる謝罪からは、私に対しての敵意がひしひしと伝わる。飲み物を手に取った瞬間ぶつかったのだって、きっとわざとだろう。

嫌がらせに腹が立つよりも、とても優しい方だとマリアベルが言っていた彼女にこんな行動をさせるほど、グレースが彼女に対して何をしたのか、やはり気になってしまう。

先程の令嬢達と挨拶を終えたらしいマリアベルが、慌てて駆け寄ってきた。

「お姉様、大丈夫ですか……？」

「ええ、大丈夫よ。これくらいならシミにならないでしょうし」

私のせいで嫌な思いをしてほしくなくて、笑顔を向けて明るい調子で答える。

けれどシャーロットや聖女について調べるよりも、元の悪女だったグレースの尻拭《しりぬぐ》いをする方がよっぽど骨が折れそうだと、内心がっくりと肩を落とした。

改めて自身のやるべきことの多さを実感して、目眩がしそうだ。

「……あ、そうだわ」

我に返った私は近くにいたメイドに声をかけ、濡《ぬ》れた布をすぐに用意してもらう。布を硬《かた》く絞《しぼ》った後は汚《よご》れてしまった部分をつまみ取るようにして、とんとんと叩《たた》き始めた。

「何をされているんですか？」

「こうするとね、簡単にシミが取れるの」

ゼイン様に頂いた大切なドレスを汚したくない一心ですぐに行動に出たものの、マリアベルを含《ふく》めて周りにいた令嬢はきょとんとした顔で私を見ている。

冷静になると、これは使用人がやることに違いない。その上、グレースが怒りもせずに自らシミ抜《ぬ》きをしているとなれば、驚くのも当然だろう。

「子ども達を誘拐《ゆうかい》犯から救ったというし、少しは改心したのかしら」

「記憶喪失《そうしつ》だって聞いたけれど、それが原因だったり……？」

ひそひそとそんな話し声が聞こえてきて、いたたまれなくなる。

やがてドレスが綺麗になったのを確認《かくにん》した私はマリアベルを連れて、逃げるように人気《ひとけ》のない方へと移動したのだった。

二人で会場の端《はし》にあるベンチに座り、私はふうと息を吐《は》いた。

「ごめんなさい、私のせいでマリアベルも気まずい思いをしているわよね」

マリアベルはまだ社交界デビューをしていないため、きっとグレースの悪行についてほとんど知らないものの、聡《さと》い彼女は周りの態度から何かを察しているに違いない。

とはいえ、私も「記憶を失う前は男好きの強欲《ごうよく》悪女だったの」なんて、純粋《じゅんすい》なマリアベルに説明できるはずがなかった。

「そんなことはありません。私はお姉様と一緒にいられるだけで嬉しいです」

「マリアベル……！　ありがとう。本当に大好きよ」

「ふふ、私も大好きです」

それでも何も聞かず、慕《した》い続けてくれる彼女を心から大切にしたい。今日も天使すぎるマリアベルを抱きしめ、よしよしとゼイン様と同じ色の柔らかな銀髪《ぎんぱつ》を撫でる。

食生活がかなり改善されたことで、嬉しそうに抱きしめ返してくれるマリアベルの身体は以前よりも肉付きが良く、健康的になっていた。

「きゃああっ！」

本当に良かったと安堵《あんど》したのも束《つか》の間《ま》、不意にそんな悲鳴が辺りに響き渡《わた》る。声がした方へ視線を向けると、そこには地面に尻餅《しりもち》をつくダナ様の姿があった。その日の前には紫色《むらさきいろ》の蛇《へび》がいて、彼女に対して牙《きば》を剥《む》いている。

周りにいる令嬢達も怯えながらその場から逃げ出し、パニックになっていた。

「いやあっ、来ないで！」

異変に気付き少し離れた場所からこちらへ向かってくる騎士が見えたけれど、ダナ様が悲鳴を上げながら手を必死に振り回していることで、今すぐにでも蛇は噛《か》み付きかねない。

このままでは間に合わないかもしれない上に、蛇の色や模様から毒があると思った私は、怯えるダナ様の側に急いで駆け寄った。

「どうか落ち着いてください、動かないで」

「え……？」

怯える彼女の肩に手を置いて声をかけた後、さっと素早《すばや》く毒蛇《どくへび》の後ろに回り込む。

そして手のひらで蛇の首元を勢いよく地面に叩きつけた後、すぐに親指と人差し指で首根っこを摑んだ。すると蛇は大人しくなり、ほっと息を吐く。

「こうすると噛めなくなるんです。怯えずに勢いよく摑むのがコツで……」

そう言って蛇を手に怯えていたダナ様に笑顔を向けたところで、その場にいた全員が呆《ぼう》然《ぜん》としながらこちらを見ていることに気が付く。

マリアベルですら大きな目を見開き、固まっていた。

素手《すで》で蛇を捕まえるなんて貴族令嬢からかけ離れた行動である上に、グレースがこんなことをしたのだから、当然の反応だろう。

緊急《きんきゅう》事態で焦っていたとはいえ、魔法を使うだとか他に方法はあったに違いない。

「あの、殺すのは可哀想《かわいそう》なので、どこか人のいない場所に放してあげてください……」

「は、はい……」

ひとまず駆けつけた騎士にそっと蛇を渡すと、心底困惑《こんわく》した様子で受け取ってくれる。

これからどうしようと内心焦りまくっている中、口を開いたのはマリアベルだった。

「グレースお姉様、すごいです！　とってもかっこよかったです！」

彼女は両手を組みキラキラと目を輝かせていて、なぜか感動してくれているらしい。

その姿を見ていたダナ様はハッと我に返った様子で、蛇を捕獲《ほかく》した後に駆け寄った令嬢達によって支えられ、立ち上がった。

「あ、ありがとうございます……助かりました……」

「いえ、どういたしまして。蛇は臆病《おくびょう》な生き物なので、刺激《しげき》さえしなければ攻撃《こうげき》してくることはあまりないんです。なので、先程のような行動は避《さ》けた方が良いですよ」

「は、はあ……分かりました」

「………」

またもや余計なことを言ってしまい反省していると、彼女を支えていた令嬢の一人が、恐る恐るといった様子で口を開いた。

「あの、グレース様はなぜ、そんなことをご存知で……？」

「ええと……やはりいざという時、頼《たよ》れるのは自分自身ですから、身を守る術《すべ》は多少身につけておりまして……」

我ながら苦しい言い訳だと思いつつ「前世で野草を探し求めていた際、蛇と出くわすことも少なくなかったので、対応する技《わざ》を学んだんです」と正直に言うわけにはいかない。

けれど彼女達は納得《なっとく》してくれたようで「すごいわ」「私達も少しくらい学んだ方が良いかもしれませんね」と話していて、良い方向に話が進んで安心した。

そこへシャーロットが慌てた様子でやってきて、私の手を両手で包んだ。

「グレース様、大丈夫ですか？　我が家でこんな……申し訳ありません」

「大丈夫よ。けれど、臆病な蛇がどうしてこんな場所に出てきたのかしら……」

これほど美しく丁寧に整えられた庭園なら、管理も行き届いていそうなものなのに。

笑顔を向けてもシャーロットは悲しげな顔をして、唇をぐっと噛む。そんな表情もかわいらしくて、庇護《ひご》欲が湧《わ》いてくる。

色々と気になることはあるものの、やっぱりシャーロットは私にとって大好きな作品の憧れのヒロインで、推《お》しなのだと実感してしまう。

「手を消毒したほうが良いでしょうし、一緒に屋敷の中へ行きましょう」

シャーロットは私の手を引き、屋敷の方へ歩き出す。少し拭《ふ》くだけでも問題はないけれど、二人きりになってシャーロットのことを知る良い機会かもしれない。

そう思った私は頷き、マリアベルに一声かけて彼女の後をついていくことにした。


「ここがシャーロット、様の部屋……」

「はい。グレース様のお部屋に比べると質素でしょうけど」

小説にも何度も出てきた赤と白を基調としたかわいらしい部屋に通され、聖地巡礼《じゅんれい》しているような気持ちになった。勧《すす》められたソファに座り、そっと部屋の中を見回してみる。

一方でゼイン様がシャーロットに想いを告げるのもこの場所だったことを思い出し、胸《むね》の奥にもやもやとしたものが広がるのを感じた。情緒《じょうちょ》不安定にも程《ほど》がある。

「グレース様は流石ですね！　毒蛇まで退治できてしまうなんて、予想外でした」

「そ、そう……？　でも、ありがとう」

「はい、やっぱり憧れてしまいます」

先程まで周りから刺々《とげとげ》しい態度を向けられていたこともあって、シャーロットからの好意に胸を打たれる。

「それに、主催者としては全員とお話ししなければならないでしょう？　グレース様とこうして二人きりになる機会がないかなって思っていたので、嬉しいです」

「そ、そうなのね。良かったわ」

それでも、ここまで好かれるほどの理由があっただろうか。

シャーロットはハンカチと小箱を手に私の隣に座ると、消毒液を取り出して私の手を丁寧に拭いてくれた。手だって小さくてすべすべで、花に似た甘い香りがする。

「グレース様のお蔭で大事に至らず、本当に良かったです。けれど最近は物騒《ぶっそう》ですし、どうかあまり無理はなさらないでくださいね」

心配げに私を見上げるシャーロットは、心から心配してくれているようだった。

まっすぐで優しいヒロインそのもので、何か裏があるのかもしれないと感じたのは私の勘違いだった気がしてくる。本当に良い子でかわいくて、眩しさすら感じていた。

そもそも近距離《きんきょり》でゼイン様と触れ合って、惹かれない方が難しいのではないだろうか。

「ありがとうございます。最近、物騒なんですか？」

「はい、あちらこちらに瘴気が広がっているとか。そのせいで本来は現れないような場所にも魔物《まもの》が現れていて、騎士団の方々も大変だと聞きました」

「――え」

どくん、どくん、と心臓が嫌な音を立てる。

シャーロットは私の指に甘い香りのするハンドクリームを塗《ぬ》りながら、なおも続けた。

「そのせいで魔鉱水《まこうすい》も一部穢《けが》れてしまって、採れにくくなっているみたいです」

身体から一気に温度が失われていき、指先すら動かせなくなる。呼吸の仕方を忘れてしまったみたいに、上手《うま》く息が吸えない。

「もしかするといずれ、戦争が起きてしまうかもしれませんね」

「……っ」

そんな言葉に、思いきり頭を殴《なぐ》られたような感覚がした。

――小説のストーリーは今この瞬間も、戦争に向けて進んでいる。

まだ何の解決策も見つかっていないことを思うと、不安や焦燥《しょうそう》感が込み上げてきて、血の気が引いていくのが分かった。

私が未来を変えた結果、大勢の命が危険に晒《さら》されてしまうことになるのだから。

「暗い話をしてしまってごめんなさい。怖《こわ》がらせてしまいましたか？」

「い、いいえ……」

「でも、意外でした。グレース様がこんな想像のお話でそんなに怯えるなんて。私は心配性《しょう》なので大袈裟《おおげさ》に言ってしまいましたが、大丈夫ですよ」

シャーロットは明るい調子でそう言って微笑んだけれど、心は重くなるばかりだった。

彼女の言う通り、普通《ふつう》ならこの段階で戦争に至るという不安は抱かないだろう。

けれど私は「想像の話」ではなくなることを知っている。

分かっていたことではあっても実際に各地で変化が起こり、誰かの口からはっきりと「戦争」という言葉を聞くと、動揺《どうよう》を隠せなくなった。

「こんな時、聖女様が現れてくださるといいんですが」

小箱に消毒液やハンドクリームをしまいながら、シャーロットは何気なくそう言った。

他人事《ひとごと》のように話す姿に、彼女が聖女の力を発現している様子はない。

本来、小説では既にその力の一部が現れ始めている時期のはずで、やはりゼイン様との関係が変わったせいなのかもしれない。

「ごめんなさい、そろそろ戻りましょうか」

シャーロットはことりと小箱をテーブルに置いて立ち上がり、私の手を引く。

私は「ええ」と返事をすることしかできないまま、彼女と共に再び庭園へ向かった。

庭園へと戻ると、すぐにマリアベルが側へやってきてくれた。

「お姉様、大丈夫ですか？　すごく顔色が悪いです」

「ごめんなさい、平気よ」

かなり酷《ひど》い顔をしているらしく、心配をかけまいと笑顔を作る。

それからは二人で端のベンチで休んでいるうちに、お茶会はお開きとなった。

「グレース様、本当にありがとうございました。今日はあまりお話しできなかったので、またお誘《さそ》いしてもいいですか？」

「もちろんよ、ありがとう」

シャーロットにお礼を言い、門へ向かう道を歩いていく。その途中《とちゅう》で「グレース様」と声をかけられ振り返ると、蛇に襲《おそ》われたダナ様やその友人達の姿があった。

「グレース様、先程は助けてくださってありがとうございました」

「いえ、お気になさらないでください」

「……実はぶつかったのも、わざとだったんです。昔あなたにパーティーの最中に大勢の前で理不尽《りふじん》に罵《ののし》られ、両親まで馬鹿にされた挙句、頭からお酒をかけられたことを根に持っていて……申し訳ありません」

「えっ」

それはどんなに優しい人だって根に持って当然だと、納得してしまう。けれど他の令嬢達からも、笑ったり、聞こえよがしに嫌味を言ったりしたことを謝られた。

なんとここにいる四人全員が過去、グレースに嫌がらせをされたり、婚約者《こんやく》を誘惑《ゆうわく》されたりしたことがあるらしく、彼女達の態度も当たり前だと思った。

むしろ悪いのは過去のグレースで、心底申し訳なくなる。

「全て私が悪いので、お気になさらないでください。私への信用などないに等しいとは思いますが、これまでのことを反省して心を入れ替《か》えたんです。もうみなさんにご迷惑をおかけしないようにしますので、これからもよろしくお願いします」

頭を下げると、すぐに「お顔を上げてください」と令嬢達は慌てる様子をみせた。

「頬を叩かれるくらいの覚悟《かくご》をしていたので、驚きました。本当に変わられたんですね」

「ええ。私達こそグレース様に仲良くしていただけると嬉しいです」

「実はずっとお美しさの秘訣《ひけつ》なんかも聞いてみたかったですし」

令嬢達は口々にそう言ってくれて、胸が温かくなるのを感じていた。少しずつでもこうして今の私を知ってもらい、取り巻く環境《かんきょう》が変わっていくといいなと思う。

「お姉様の素晴らしさが皆様《みなさま》にも伝わって嬉しいです」

笑顔のマリアベルは私よりも嬉しそうで、あまりの愛《いと》しさに抱きしめたくなった。

やがて門が見えてきたところで、マリアベルは「あら？」と足を止める。

彼女の視線の先——男爵邸の前に停《と》まっていたのは、見覚えのある豪華な馬車で。まさかと思うのと同時に馬車から降りてきたのは、見間違《みまちが》えるはずもないゼイン様だった。

マリアベルと共にすぐに側へ向かうと、ゼイン様は柔らかく微笑む。

「二人を迎えに来たんだ」

「ふふ、グレースお姉様に会いたいのが一番の理由でしょう？　お兄様ったら、このために昨日は遅《おそ》くまでお仕事なさっていたんですよ」

余計なことを言うなとマリアベルの頰をつつくゼイン様に、胸が高鳴る。

今日迎えに来てくれたのも、シャーロットとのことを気遣ってくれたからに違いない。

どこまでも優しいゼイン様の愛情を感じて、目の奥が熱くなった。

「……ありがとうございます。すごく、すごく嬉しいです」

周りにいた令嬢達もきゃあっと黄色い声を上げて、頰を赤らめている。

「ウィンズレット公爵《こうしゃく》様がグレース様を溺愛《できあい》しているというのは、本当だったのね」

「こうして見ると、美男美女で本当にお似合いだわ」

少し前に知ったことだけれど、このシーウェル王国で社交の場に女性を迎えに来るというのは、妻への愛情の深さを表す行為《こうい》だそうだ。

王妃《おうひ》を深く愛する嫉妬深《しっとぶか》い初代の国王陛下が、王妃が出かける度、本当に女性だけの場なのか確認するために自ら迎えに行っていた、なんて逸話《いつわ》があるんだとか。

きっとゼイン様はそんな話なんて知らずに来てくれたのだろうと思いながら、エスコートを受けて公爵家の馬車に乗り込む。

マリアベルの隣に腰《こし》を下ろそうとしたところ、ゼイン様にぐっと抱き寄せられ、強制的に彼の隣に座らされてしまった。

「ゼイン様、近すぎませんか？」

「嫌なのか」

「そ、そうではないんですが……」

「それなら問題はないな」

ゼイン様の太陽よりも眩しい笑顔を向けられ、何も言えなくなる。

マリアベルもいる上に、馬車の外からも私達が密着しているのは見えるはず。

私は人前でくっつくのが無性《むしょう》に恥ずかしい質《たち》で、しっかりと私の腰に腕を回しているゼイン様の肩をそっと押す。

その結果、よりきつく抱き寄せられてしまい、大人しくすることにした。

「――え」

それでもやはり恥ずかしいことに変わりはなく、ゼイン様から顔を背《そむ》けるように窓の外へと視線を向けた私は、息を呑《の》んだ。

門の前でこちらを見ているシャーロットはひどく冷たい目をしていて、ぞっとしてしまうほどの無表情だったからだ。

常に明るくて愛らしい笑みを浮かべている彼女とはまるで別人で、戸惑いを隠せない。

「どうかしたのか？」

「い、いえ！　何でもありません、今日はとても楽しかったなと思って」

咄嗟《とっさ》に誤魔化《ごまか》したものの、鋭《するど》いゼイン様に「本当に？」と尋ねられる。

けれど、最終的に今日のお茶会に行って良かったと思えたのは事実だった。

「はい。マリアベルと一緒に行けて嬉しかったですし、参加されていた方々に仲良くしたいと言ってもらえたんです！　私、同世代の方とこうしてお話しすることってほとんどなかったから嬉しくて、ついつい――……」

口に出してみると止まらなくなり、自分が思っていた以上に嬉しかったのだと実感する。

やがて私ばかり話をしていたことに気付き、慌てて口を噤《つぐ》んだ。

「そうか。良かった」

きっと私の話は面白《おもしろ》くもないし、取り留めもなく落ちだってない。

それなのにゼイン様は心から嬉しそうに、優しく微笑んでくれるものだから、なぜか少しだけ泣きたくなった。

「そのドレスもアクセサリーもよく似合っている」

「ありがとうございます。とても気に入っていて、毎日でも着たいくらいです」

本当はこういうかわいらしい服装が好きで、周りを気にせずに着られるようになったのは嬉しい。化粧だって、綺麗で大人びた顔立ちに無理に濃《こ》い色を塗らずによくなった。

「君は何でも似合うが、そういう方がいい」

「もうあんな格好は二度としませんので……」

「そもそも露出《ろしゅつ》が多いのも気に食わなかった」

ゼイン様はそう言うと形の良い眉を寄せ、本当に嫌だと思っていたことが窺える。

確かにゼイン様から贈られるドレスはどれも、肌《はだ》がしっかり隠れるデザインが多い。

悪女ドレスはもう着ないものの、今後は気を付けようと反省した。

「そういえば今日のお姉様、とっても格好良かったんですよ！ ダナ様が毒蛇に襲われかけた時に、素手で蛇を掴んで助けられて」

「あっ……」

キラキラと瞳を輝かせているマリアベルは間違いなく、良かれと思ってゼイン様に話してくれたのだろう。

それでも私は、隣に座る彼の方を見ることができそうにない。

「すまない。俺の聞き間違いでなければ、毒蛇を素手で掴んだと聞こえたんだが」

「いや、あの……」

「はい！ 怯えずに勢いよく掴むのがコツだそうですよ」

「……へえ？」

ゼイン様は笑顔のまま顔を近づけてくるけれど、その目は全く笑っていない。

間違いなく私が危険な行動をしたことに対し、それはもう怒っている。

「君とは一度、ゆっくり話をした方が良さそうだ」

「…………」

「返事は？」

「ハイ」

冷や汗が止まらない一方で、こんな些細なやりとりからも愛情を感じてしまう。

「頼《たの》むからもう、そんなことはしないでくれ。君はもっと周りを頼った方がいい」

ゼイン様はいつだってそう言ってくれて、どれほど救われているか分からない。

――シャーロットと話をした後、不安になったのは事実だった。

ここで心のうちを彼に吐露《とろ》すれば、気持ちは少し軽くなるだろう。

けれど、ゼイン様にだってどうにもできないような不確定な話をしたところで、多忙な彼に負担を強《し》いるだけになる。

ゼイン様を頼らせてもらうのは、本当に困った時だけにするつもりだ。

何より私を大切に想ってくれているゼイン様の側で、弱気になんてなっていられない。

「ありがとうございます。そうします」

「ああ」

マリアベルも「私もお力になりますから！」と言ってくれて、幸せな笑みがこぼれた。

私も大好きな人達のために、精一杯《せいいっぱい》できる限りのことをしていきたい。

「この後、まだ時間はあるか？　良ければ公爵邸で少し話をしたい」

「……もしかして、お説教ですか？」

「どうだろうな」

こそっと尋ねたところ、ふっと笑ったゼイン様に曖昧《あいまい》な返事をされる。

とはいえ、ここ最近はゆっくり一緒に過ごす時間がなかったため、私はすぐに頷いた。

「お姉様、今日はありがとうございました。私はここで失礼します」

公爵邸に着いてすぐ、マリアベルは猛《もう》スピードで自室へ消えていく。間違いなく気を遣ってくれていて、申し訳なくなる。

ゼイン様に手を引かれて廊下《ろうか》を歩いていき、着いたのは彼の部屋だった。

促《うなが》されて中へ入ると、ゼイン様の良い香りが鼻をくすぐる。

「あの、ゼイン様。ごめんなさ──っ」

まずは叱《しか》られる前に謝ろうと見上げた途端《とたん》、唇を塞《ふさ》がれていた。

突然のことに驚く私を見て、唇を離したゼイン様はくすりと笑う。

「怯える君がかわいくて、つい」

その様子からさほど怒っていないのだと察して、ほっと胸を撫で下ろした。

ゼイン様に手を引かれ、ソファに並んで腰かける。

「ただ、頼むから危険なことはしないでくれ。君を閉じ込めておかないといけなくなる」

「……冗談ですよね？」

「さあ？」

頬杖《ほおづえ》をついて余裕《よゆう》たっぷりの笑顔でそう言ってのけるゼイン様を前に、ひとまず彼の言う通りにしておこうと固く誓《ちか》った。

「でも、これからはもっと積極的に女性中心の社交の場にも出ようと思っています」

「君はそういった場は得意ではないんだろう？　大丈夫なのか」

「……昔の私の行いが原因で、肩身《かたみ》の狭《せま》い思いをしているのは事実です。けれど私は大好きなゼイン様のパートナーとして、堂々と隣を歩けるようになりたいと思っています」

最初はきっと、辛い思いだってたくさんするだろう。

けれどゼイン様の隣で生きていくためなら、いくらでも耐《た》えられる。

「ですから、今までの行動をしっかりと反省した上で、名誉挽回《めいよばんかい》してみせます！」

はっきりそう宣言すると、ゼイン様は金色の両目を見開いた後、ふっと微笑んだ。

「……これ以上、俺を夢中にさせてどうするつもりなんだろうな」

「ゼイン様？」

「いや、何でもない。君の気持ちは本当に嬉しいよ、ありがとう。また迎えに行くから、日時が分かったら教えてほしい」

「いえ、お忙しいでしょうから大丈夫です。マリアベルのお迎えだってあるでしょうし」

「マリアベルの迎えは普段《ふだん》、信頼《しんらい》できる者に任せているから問題ない」

とはいえ、ゼイン様が多忙なことはよく知っているし、気持ちはとても嬉しいけれど、少しでも身体を休めてほしい気持ちがある。

だからこそ、冗談めかして断るつもりだったのに。

「それに、ゼイン様は私のことが大好きだって噂が流れてしまいますよ」

「君にしか興味がないと知らしめるために行ったんだから、好都合だ」

「えっ」

ゼイン様が大したことではないように言ってのけたことで、固まってしまう。

——それから話を聞いてみたところ、ゼイン様は先日、仕事先でエヴァンに会った際、私がシャーロットとのことをかなり気にしていたと聞いたそうだ。

事実ではあるものの、恥ずかしくて仕方ない。エヴァンが私の話をすること自体、意外だった上に、よりによってその話題だなんてと内心頭を抱《かか》えた。

「あの、ちが……わなく、ないんですけど……その……」

「俺は君以外に本当に興味がないから、彼女の好意にも全く気が付いていなかったんだ。本当にすまない」

「謝らないでください！　ゼイン様は悪くありませんから」

私が勝手に気にしていただけで、ゼイン様に非はない。

一方で、ゼイン様は迎えに行くことの意味も全て分かった上で、私のために行動を起こしてくれたのだと気付く。

彼らしくない行動だと分かっているし、恥ずかしいと感じないはずもないのに。

胸がいっぱいになって「どうして」しか言えなくなる私を見て、ゼイン様は微笑む。

「君の不安が少しでも無くなるのなら、俺はどんなことだってするよ」

「……っ」

どうしようもなく胸の奥から「好き」が溢れてきて、私はゼイン様の胸に飛び込んだ。

「グレース？」

「……大好きです。本当に、すごく好きです」

もう言葉では足りないくらい、ゼイン様が好きで大好きで仕方ない。

少しでもこの気持ちが伝わってほしくて、背中に回す腕に力を込める。するとゼイン様もきつく私を抱きしめ返してくれて、幸せな笑みが溢れた。

「ゼイン様は最近、あまり社交の場に出ていませんよね」

「ああ。元々最低限しか顔を出していなかったが、最近は忙しいせいでさらに減ったな」

「本当にお忙しそうですよね。何かあったんですか？」

シャーロットから聞いた、瘴気によって魔物が増えているという話が気がかりで尋ねてみたものの、ゼイン様は「いや」と首を左右に振る。

「まとまった休みを取るために、前倒《まえだお》しで仕事をしていただけだ」

ポジティブな理由に安堵していると「グレース」と名前を呼ばれた。

「来月の頭、一週間ほど君の時間をくれないか？」

「はい。何の予定もなかったはずなので、大丈夫です」

食堂もしばらく私がいなくても問題ないし、他に大切な予定は何もなかったはず。

それでも一週間という短くない期間で、何をするつもりなのだろう。

「何かあるんですか？」

「もうすぐ君の誕生日だろう？　ウィンズレット公爵領に招待したいんだ」

「……はっ」

そう言われて、私はグレースの誕生日を知らなかったことに気が付いてしまった。

小説には端役の細かい情報なんて描かれていなかったし、「私の誕生日っていつ？」と周りに聞く機会はそうそうない。

私ですら知らないことを知っているゼイン様は流石だと、感服すらしてしまう。

「本当に公爵領にお邪魔していいんですか？」

「ああ。俺が生まれ育った場所を、君にも見てもらいたい」

実はずっと、ゼイン様が生まれ育った場所を見てみたいと思っていた。

幼い頃《ころ》の彼についてだって、知ることができるかもしれない。

『今度はウィンズレット公爵領にも招待させてほしい。とても良い場所だから』

『はい、ぜひ』

数ヶ月前、一度目の失踪《しっそう》先でそんな会話をしたことを思い出す。当時の私はゼイン様とはいずれ別れる以上、実現することのない約束だと諦《あきら》めていたのだ。

だからこそ、叶《かな》えられることがどうしようもなく嬉しい。

「とても嬉しいです。ぜひお願いします！」

「良かった。手配しておくよ」

そうして旅行の約束をした後、夜にもまた仕事の予定が入っているというゼイン様は、私を屋敷まで送ってくれた。

「お帰りなさい、お嬢様。やけにご機嫌《きげん》ですね。嫌いな令嬢のドレスを引きちぎった後、黙れと言って口に突《つ》っ込みでもしてきたんですか？」

誕生日旅行に浮かれている私を、笑顔のエヴァンが門前で出迎《でむか》えてくれる。

「もう、そんなことするわけ……もしかしてそれ、過去の私がしたことだったり……？」

「はい。それはそれは気分が良かったと嬉しそうに話していましたよ」

「………」

いつだって私の想像と常識を簡単に超《こ》えてくる悪女グレースの悪事に、頭が痛くなる。

ゼイン様に対して偉《えら》そうに「名誉挽回します！」と言ったものの、やはり道のりは長く険しそうだと、深い溜め息を吐く。

そして旅行の話をしたところ、エヴァンも一緒に行くと言ってくれた。

「とんでもないクソガキだったお嬢様も、もう十八歳になるんですね。感慨深《かんがいぶか》いです」

「どんな情緒？」

そうは言っても、元のグレースの被害《ひがい》を最も受けたであろうエヴァンには、色々と思うところがあるのだろう。

これからは過去の分まで、エヴァン孝行をしていこうと思う。

「楽しみにするのはとても良いことですが、色々と物騒な世の中ですから、勝手な行動は控えてくださいね。俺まで公爵様に叱られそうなので」

「ええ、分かったわ。ありがとう」

エヴァンにお礼を言い、ヤナとハニワちゃんも旅行に誘おうと思いながら、私は軽い足取りで自室へと向かったのだった。

招待客全員を見送り、屋敷の中へと戻る。

終始貼《は》り付けていた笑みを取り去るのと同時に、ずっと玄関ホールで私を待っていたらしいイザークに声をかけられた。

「おかえりなさいませ、シャーロット様」

「ただいま」

差し出された手を取り、自室へと向かう。両親は領地におり、このタウンハウスには私しかいないため、しんとした静寂《せいじゃく》が流れている。

ぽふりとソファに腰を下ろすと、イザークはすぐにお茶の準備をしようとした。

「今はいいから、こっちに来て慰《なぐさ》めて。最悪の気分なの」

「かしこまりました」

イザークは表情ひとつ変えずにこちらへ来ると、私の前に跪《ひざまず》く。

そして私の右手をそっと取り、手の甲《こう》に唇を落とした。

「シャーロット様、どうかされたのですか」

「……グレースがわざわざゼイン様をここまで迎えに来させて、見せつけたの。ゼイン様は私のものなのに、酷いと思わない？」

「はい。とても傷付かれたのですね」

「それにね、やっぱりグレースは小説と全然違ったわ」

今日のお茶会に招待したのは全員、グレース・センツベリーを嫌う令嬢達だった。

婚約者を誘惑されたり、大勢の前で馬鹿にされたり。グレースに嫌悪感を抱く令嬢を探し出すのは簡単で、どれほど彼女が最低な悪女だったのか容易に想像がつく。

「あれが悪女なんて、絶対におかしいもの」

けれど今のグレースは明確な「善人」だった。

腰が低く謙虚《けんきょ》で、悪口を言われても飲み物をかけられても怒りもしない。毒蛇を使って試《ため》してみても、彼女は他の令嬢を囮《おとり》にしようとするどころか自ら捕まえてみせた。

間違いなく小説に出てくるグレース・センツベリーとは別人で。私はずっと抱いていた推測が合っているのか確かめるため、彼女を自室へ連れて行き、二人きりになった。

「イザークが言っていた通り、本当に面白いくらい分かりやすい人だったわ」

国内で瘴気が増えていることや、魔鉱水が採れにくくなっているという話をした際、彼女ははっきりと動揺していた。

追《お》い討《う》ちをかけるように「戦争」というワードを出したところ、その顔色は分かりやすく真っ青になった。

小説の展開を知っていて、原因が自分だと自覚しているからに違いない。

——グレース・センツベリーが私と同じ転生者なのだと、確信した瞬間だった。

「信じられない、悪女のくせに私のポジションを奪《うば》おうとするなんて。だから小説のストーリーも変わってしまったのね」

ゼイン様はヒロインである私のものなのに、端役如《ごと》きが望むなんて許されるはずがない。

私がゼイン様と愛し合って聖女の力を目覚めさせなければ、まず命を落とすのはグレースなのに。戦争が起こる未来だってあるのに、自分の欲を優先させるのも間違っている。

「やっぱりグレースは邪魔だわ。悪女じゃないなら、私の役にも立たないし」

「分かりました」

イザークは迷わずそれだけ言い、小さく頭を下げた。

「私にできることがあれば、何なりとお申し付けください」

「ありがとう、イザーク。あなただけが頼りなの」

さらさらとした黒髪《くろかみ》を撫でると、イザークはふっと口元を緩《ゆる》める。

小説には出てこないキャラだけれど、私の言うことを何でも聞いてくれる彼のことは一番信頼しているし、これから先も側に置いてかわいがるつもりだった。

何よりイザークほど綺麗な人が私に心酔《しんすい》していると思うと、気分が良かった。

「ねえ、抱きしめて」

「はい」

甘えるようにそう言えば、イザークは私を宝物みたいに抱きしめてくれる。

温かくてほっとして、一人じゃないと実感した。

「私とゼイン様の未来のために、これからも頑張《がんば》ってくれる？」

「はい、お任せください」

ゼイン様が愛する小説のヒロイン、シャーロットはとても優しくて純粋な、誰からも愛される心の綺麗な女性だった。

だから私が自らグレースに手を下すなんてこと、絶対にあってはいけない。

強欲で分不相応で卑《いや》しい、あの転生者とは違う。

「私は小説のストーリーを正してゼイン様を救って、ハッピーエンドを迎えるの」

この世界はヒロインである私が幸せになるために作られた、舞台でしかないのだから。

2 最高の誕生日

いよいよ三日後となった旅行の準備をヤナとしながら、鼻歌を歌う。

私の歌に合わせてハニワちゃんが愛らしいダンスをしていて、笑《え》みがこぼれる。

「お嬢様《じょうさま》もハニワちゃんもご機嫌《きげん》ですね」

「だって旅行、すごく楽しみなんだもの」

前世では貧乏《びんぼう》すぎて学校行事以外の遠出なんてしていなかったし、今世でも逃亡《とうぼう》作戦としてのものしか経験がなかった。

何の気兼《きが》ねもなく大好きな人達と旅行に行けると思うと、浮《う》かれてしまう。

今回は私とヤナとエヴァンとハニワちゃん、そしてゼイン様とマリアベルの五人と一体で行くことになっている。

「カードゲームとかも持っていった方がいいかしら」

「良《い》いですね、ぜひ金をかけてやりましょう。実は最近、また金が貯《た》まってきてしまって困っていたんです」

「貯金が増えると何か罰《ばつ》でも受けるの？」

いつも通りのエヴァンはここ数日、別の仕事に行っていた。毎日のように一緒《いっしょ》にいるせいか、たった数日でも久しぶりな気がしてしまう。

そんな彼の整った顔を見ているうちに、ふとゼイン様との会話を思い出した。

「あ、そうだわ。ゼイン様にシャーロットのことを話したんでしょう？」

「ああ、そんなこともありましたね。怒《おこ》ってます？」

「ううん。でも、エヴァンが私のそういう話をするのって、なんだか意外で」

あの時は驚《おどろ》いたし動揺《どうよう》もしたけれど、私のためにシャーロットの話をしてくれたのではないかと今は思っている。

とはいえ、エヴァンがそこまで考えて行動するだろうかという疑問もあった。

「それ、私が言ったんです。公爵《こうしゃく》様にお伝えしてはどうですかと」

「ええっ」

まさかのまさかで、ヤナが発案者だったらしい。

びっくりして大きな声が出てしまい、慌《あわ》てて口を噤《つぐ》みながらヤナの次の言葉を待つ。

「そもそも私は酔《よ》って倒《たお》れかけたという話をお聞きした時、シャーロット様の演技ではないかと思いましたから。そんなしたたかな女性からの好意に公爵様が気付いていないとなれば、また同じことが起きてしまう可能性もありますし」

ヤナは荷造りしていた手を止め、続けた。

「男性というのは妙《みょう》に鈍感《どんかん》な部分があるので、はっきりと言わなければ伝わらないことも多いんです。お嬢様は気を遣《つか》って思ったことをお伝えできないこともあるでしょうから、もう傷付いてほしくなくて勝手な行動をしてしまいました」

「ヤ、ヤナ……」

どこまでも頼《たよ》りになる優《やさ》しいヤナに、胸を打たれる。彼女の言う通り、私は絶対にゼイン様に直接伝えることなどできなかっただろう。

以前、彼女にゼイン様はシャーロットの好意に気付いていないんだろうな、なんてこぼしたことを思い出す。そんなこともあって、エヴァンに伝えてくれたに違《ちが》いない。

「二人とも、本当にありがとう。お蔭《かげ》で嬉《うれ》しいことも安心したこともあったわ」

「それなら良かったです」

「俺はただ伝言をしただけですけどね」

ゼイン様が私を気遣ってくれたこともそうだけれど、二人が私のことを心配して、行動に出てくれたことが何よりも嬉しかった。

いつだって私を支えてくれているヤナとエヴァンには、感謝してもしきれない。そんな二人にはたくさん恩返しをしていきたいと思いながら、もう一度感謝の言葉を紡《つむ》いだ。

そしてあっという間に旅行当日を迎《むか》え、二日間の移動を経て、私はウィンズレット公爵領へとやってきていた。

「わあ……とても綺麗《きれい》な場所ですね」

ゼイン様と共に馬車から降りると、自然に溢《あふ》れた美しい街が視界に飛び込んできた。

小高い場所から遠目で街の全体を見ただけでも、栄えているのが分かる。先ほど馬車の中から見えた領民達の表情も明るくて、温かい雰囲気《ふんいき》が感じられた。

上手《うま》く言葉にできないけれど、ゼイン様が生まれ育ち、治めている場所だというだけで何もかもが愛《いと》おしく思える。

「とても広いですし、今回滞在《たいざい》する三日間では回りきれませんね」

「いずれ君も暮らす場所なんだ、ゆっくりでいい」

「えっ？　……あ」

少し後にゼイン様の言葉を理解した私は、照れから両頬《りょうほお》を手で覆《おお》った。

ゼイン様は普段《ふだん》通りの涼《すず》しげな顔で、なんだか悔《くや》しくなる。

「こうして君と来ることができて嬉しいよ、ありがとう」

「こちらこそ。その、よろしくお願いします」

「ああ」

幸せな気持ちで微笑《ほほえ》み合いながら、繋《つな》いだままの手を引かれ、タウンハウスよりもさらに大きくて豪華《ごうか》な公爵邸《こうしゃくてい》へと向かったのだった。

屋敷《やしき》に荷物を運んで少しだけ休んだ後は、早速《さっそく》みんなでウィンズレット公爵領を見て回ることになった、のだけれど。

「グレース？　なぜこっちを見ないんだ？」

「……ゼイン様があまりにも格好いいからです」

街中へと向かう馬車の中で、私は隣《となり》に座るゼイン様を直視できずにいた。

領主であるゼイン様は一部の民《たみ》に顔を知られているため、心置きなく過ごすためにも変装として帽子《ぼうし》を被《かぶ》り、伊達《だて》眼鏡を掛《か》けている。

けれど桁違《けたちが》いの美貌《びぼう》は全く隠《かく》せておらず、私から見ると普段とは雰囲気ががらっと変わる眼鏡によって、むしろ破壊《はかい》力は増していた。

どんなものも彼のために作られたのだと思えるくらい、よく似合ってしまう。

「そうか、君はこういうのも好きなんだな。今後も折を見て掛けることにするよ」

「ど、どうして……」

「俺ばかり好きになっては困るから」

そんな心配などいらないと即《そく》否定したいくらい、ゼイン様が本気を出せば、あっという間に沼《ぬま》の底まで沈《しず》んでしまう気がする。

ゼイン様の美しい顔面と甘い空気に耐《た》えきれなくなった私は、窓の外へ視線を移した。

「もしかして、大きなお祭りをやっているんですか？　人も出店もたくさんです」

いつの間にか街中へ到着《とうちゃく》しており、大通りは人や屋台で賑《にぎ》わっている。

子どもの頃《ころ》からお祭りが大好きだったため、ワクワクしてしまう。

「ああ、開催《かいさい》させた」

「……させ……？」

「君が好きそうだと思ってのことだったから、喜んでくれたなら嬉しいよ」

ゼイン様はあっさりそう言ってのけたけれど、これほどの大規模のものを催《もよお》すには、かなりの時間やお金がかかるに違いない。これが領主の力なのだと思い知る。

それぞれ馬車から降りた後は、五人でお祭りを見て回った。ハニワちゃんもエヴァンの胸ポケットの中で、きょろきょろしている。

貴族らしき人々も多少いるものの、大半は平民のようだった。

「あの食べ物はなんですか？」

マリアベルが指差した先には、かわいらしい屋台がある。

「リルクルと言って、甘いパンを棒に巻いて焼いたものです。とても美味《おい》しいですよ」

深く帽子を被っているものの、高貴なオーラを全く隠せていないマリアベルに、ヤナが説明する。彼女は弟や妹と、こういったお祭りには何度も行ったことがあるそうだ。

入《い》れ替《か》わり立ち替わりお客さんが訪《おとず》れていて、かなり人気なのが窺《うかが》える。何気なく食べてみようかと尋《たず》ねそうになり、口を噤んだ。

けれどマリアベルはじっと屋台を見つめた後、ゼイン様の服の袖《そで》をきゅっと掴《つか》む。

「私、食べてみたいです」

「……大丈夫《だいじょうぶ》なのか？」

「はい。外出先で何も食べられないせいで、周りの方々にも気を遣わせてしまっているのがすごく嫌《いや》で……いつまでもこのままじゃいけないと分かっているんです」

心配げなゼイン様にそう言ったマリアベルは、顔を上げ「それに」と続ける。

「みなさんと一緒なら、大丈夫な気がします。もう頭では大丈夫だと十分理解していて、あとは勇気を出すだけですから」

にこっと微笑んでいるけれど身体《からだ》は強張《こわば》っていて、不安でいっぱいなのが窺える。

それでもマリアベルがこうして勇気を出してくれている以上、応援《おうえん》したい。

「私もちょうど食べてみたいと思っていたの。一緒に食べましょうか」

笑顔《えがお》を向けて明るく声をかけると、マリアベルは安堵《あんど》の表情を浮かべた。

「はい、ぜひ」

「では買ってきますね」

エヴァンがすぐに屋台へ行って、全員の分を買ってきてくれる。

表面には砂糖がかかっていて、揚《あ》げパンに近い感じがする。

まずは食べても問題ないことを伝えようと、早速一口食べてみる。程《ほど》よい甘さが口内に広がり、もちもちしていてとても美味しい。

「うん、美味しい！　お菓子《かし》みたいだわ」

「本当だ、屋台もなかなかやりますね」

「はい。とても」

ヤナやエヴァンも頷《うなず》きながら、食べている。

エヴァンはリルクルが気になっているらしいハニワちゃんに近づけて食べさせるフリをしては、ぱっと離《はな》す子どもみたいな悪戯《いたずら》をしているから、頭を叩《たた》いておいた。

「………………」

ゼイン様に見守られながら、マリアベルは少しの間じっと手に持った串《くし》を見つめていたけれど、やがて勢いよくぱくりと口に入れた。

「どうだ？」

「……美味しい」

「そうか、良かった。頑張《がんば》ったな」

マリアベルの頭を撫《な》でながら、ゼイン様も安心した様子で微笑んでいて、つられて笑みがこぼれる。

思わず駆《か》け寄《よ》って「えらいわ」と抱《だ》きしめると、マリアベルも笑ってくれる。

それからは続けて数口食べていたものの、やがてむっと眉《まゆ》を寄せた。串の部分がかなり出てきたことで、困惑《こんわく》しているらしい。

「む、難しいです……」

「ふふ、そうよね。少し斜《なな》めから食べるといいわ」

そもそも、何かにかじりついて食べるのも初めてのようだった。小さな口で一生懸命《いっしょうけんめい》に食べる姿は小動物みたいで愛らしくて、またきゅんとしてしまう。

きっとこれから先はどこでも大丈夫だろうと、安心もしていた。

「ゼイン様はお祭り、来たことがあるんですか？」

「幼い頃に何度か。大人になってからは初めてだが、見え方も感じ方も違って面白《おもしろ》いよ」

その後も色々な食べ物を買って食べているうちに、お腹《なか》が苦しくなってきたところで、賑わっている一角を見つけた。子どもから大人まで、銃《じゅう》を的に向けている。

「あれって、射的？」

「シャテキという名前かは分かりませんが、コルク銃で的を狙《ねら》って遊ぶんです」

ヤナの解説に頷きながら、ほぼ射的に近い遊びだと察する。

マリアベルも初めて見る銃に興味があるようで、やってみることにした。

「銃って、一般《いっぱん》的な武器なんですか？」

「ああ。だが攻撃《こうげき》における威力《いりょく》は魔法《まほう》の方が優《すぐ》れているから、魔法使《まほうつか》いは使わないな。防ぐのも魔法より容易《たやす》いんだ」

そのため、主に使われるのは狩猟《しゅりょう》の際なんだとか。

ゼイン様の説明に、なるほどと納得《なっとく》しながら屋台のお兄さんに渡《わた》された銃を受け取る。

そうして大きいものから小さいものまである複数の的を、ひとつずつ狙っていく。

「……あら？」

「お姉様、すごいです！　私、ひとつも当たりませんでした」

驚くことに私は全発命中していて、一番小さな的もど真ん中を撃《う》ち抜《ぬ》いていた。

なんというか、貴族令嬢《れいじょう》らしい所作やマナーを身体が覚えていたのと同じ感覚で、自然とあっさりできてしまった。

私と同じく驚いていた屋台のお兄さんから、戸惑《とまど》いつつ景品のぬいぐるみを受け取る。

「お嬢様、とてもお好きだったんですよ。狩《か》りが」

「そ、そう……」

エヴァンによると、狩猟大会などにも参加するほどの腕《うで》だったんだとか。元のグレースは動物を殺すことに躊躇《ためら》いがなさそうで、嫌な解釈一致《かいしゃくいっち》をしてしまった。

とはいえ、思わぬ特技をいつかどこかで活かせたらいいなと思う。

それからもみんなでたくさん遊んで食べて回り、目一杯《めいっぱい》お祭りを満喫《まんきつ》した。


街から帰宅した後は、夕食まで広間でゆっくり過ごすことになった。

ゼイン様とマリアベルとテーブルを囲み、公爵領で作られているというお茶や、特産品だというお菓子をいただく。

お祭りではしゃいで少し疲《つか》れていたため、温かいお茶を飲みながらほっと一息つく。

「ぺぴぽ、ぽぷぽ！」

「ありがとう。いただくよ」

ハニワちゃんは相変わらずゼイン様にべったりで、テーブルの上にあったクッキーをぴょこぴょこと運び、差し出している。

ゼイン様はハニワちゃんからクッキーを受け取り、優しく微笑んだ。間違《まちが》いなく自分で手に取った方が早いのに「助かる」とお礼を言っていて、笑みがこぼれる。

「ぷぴ、ぷぴ？」

「ああ。好きだよ」

「ぴ！」

　二人は仲良く言葉を交《か》わしていて、向かいに座るマリアベルは「お兄様ばかりずるい」とやきもちを焼いている。どこを見てもかわいい空間に、口元は緩《ゆる》みっぱなしだった。

「なんだかゼイン様って、ハニワちゃんとお話ししているみたいですよね」

「ああ、最近は何を言っているのかなんとなく分かるようになった」

「えっ？　ほ、本当ですか……？」

　毎日一緒にいる私ですら、まだハニワちゃん語を解き明かせていない。

　行動と照らし合わせて「ぷぺぷ」は「グレース」、「ぺぱぽ」は「エヴァン」など、いくつかの単語は理解しているつもりだけれど、まだまだ謎《なぞ》は多いまま。

「俺が思うに――……」

　ゼイン様の考えを聞いたところ、ハニワちゃんが発音できる「ぱぴぷぺぽ」は、私達が発する言葉の母音《ぼいん》に沿って発声しているのではないか、ということだった。

　たとえば先程《さきほど》の「ぺぴぽ、ぽぷぽ」は「ゼイン、どうぞ」と解釈しているらしい。

「そ、そうだったのね……」

　言われてみると確かに、全ての辻褄《つじつま》が合う気がする。私は英単語を組み合わせてできる英文のように、なんらかのルールのもとで組み合わせているのかと思っていた。

「では、よく言う『ぷぴ』はなんなんでしょう」

「発音が同じ言葉は多くあるが、一番多いのは『好き』だと思っている」

「そうなの？　ハニワちゃん」

「ぴ！」

　そう尋ねると、ハニワちゃんはこくこくと笑顔で頷く。

　どうやらこの見解は合っているらしく、感極《かんきわ》まってしまう。

「ハ、ハニワちゃん……！」

　つまり、普段よく言ってくれる「ぷぺぷ、ぷぴ！」は「グレース、すき！」という意味だと思うと、あまりにも愛おしすぎる。

　おいでと両手を広げるとすぐに胸に飛び込んできてくれて、ぎゅっと抱きしめた。

「ハニワちゃん、大好きよ」

「ぴ！　ぷぴ！」

　元々ハニワちゃんのことはこれ以上ないくらいかわいくて大好きだったけれど、意思の疎通《そつう》ができたことで、より愛おしく感じる。

「ハニワちゃん、私のことも分かる？」

「ぱぴぱ、ぺぷ！」

「それ、マリアベルって言ってくれていたのね！　嬉しいわ」

　マリアベルは両手を組み、もっとお喋《しゃべ》りしたいと感激した様子を見せている。

　これからはよりハニワちゃんの気持ちが理解できるよう、ハニワちゃん語の勉強をしっ

かりしていこうと思ったのだった。


二日目は、みんなで公爵領内の観光スポットを見て回った。

公爵領は想像していたよりもずっと広くて、一週間あっても回りきれない気がする。

領地内では最も有名で、国内でも有数の人気の場所だという花畑は圧巻だった。大きな風車のもと、数千万本もあるという鮮《あざ》やかな花々が絨毯《じゅうたん》のように敷《し》き詰《つ》められていた。

「……本当に、綺麗です」

あまりにも美しくて感動してしまい、ありふれた言葉しか出てこなかったくらいに。

みんなも感動している様子で、ハニワちゃんも嬉しそうに花々と共に揺《ゆ》れていた。

「季節が変わるとまた違って見えるんだ。その頃にまた、一緒に見に来よう」

「はい、ぜひ！」

そしてゼイン様と何気なく未来の約束を交わせることにも、心からの幸せを感じた。

公爵邸《こうしゃくてい》に帰宅して夕食を終えた後、ゼイン様に邸内の図書室を案内してもらった。

先代の聖女であり、前公爵《こうしゃく》夫人《ふじん》だったロザリー様について知るためだ。

ちなみに自ら調べるのと並行《へいこう》して、人を雇《やと》って聖女に関することや、戦争に向けた動きについても調査してもらっている。

「ここには母だけでなく、ウィンズレット公爵家の記録が揃《そろ》っている。気になったものがあれば、全て気兼ねなく目を通してくれて構わない」

「ありがとうございます」

本来なら公爵家の人間以外が見ることなど到底《とうてい》許されない、貴重なものだろう。それでも私のことを信用し、こうして許可してくださったことが嬉しい。

けれど結局、聖女やその力の発現に関して、新たな情報を得ることはできなかった。


三日目の朝、出かけるための準備を終えた私は自室へと戻《もど》り、改めて身支度《みじたく》をする。

そして食堂へと向かうと、そこには既《すで》にゼイン様とマリアベルの姿があった。

「おはようございます、お姉様。そしてお誕生日おめでとうございます！」

「おめでとう、グレース」

「ありがとうございます！　嬉しいです」

顔を合わせてすぐ、二人はお祝いの言葉を贈《おく》ってくれる。

それからは三人で、前日よりもさらに豪華な朝食をいただいた。

初日からずっと思っていたことだけれど、公爵領での食事は驚くほど美味しい。

それでいて珍《めずら》しい公爵領ならではの料理も多く、帰るまでにレシピを聞いて、食堂のメニューに加えさせてもらおうと思う。

「今日はぜひお兄様とゆっくりデートをしてきてください。夜は皆《みな》さんでパーティーをする予定なので、私は屋敷でお待ちしていますから」

「本当に？　ありがとう、とても楽しみだわ」

誕生日パーティーを開いてもらうなんて子どもの頃以来で、くすぐったくて嬉しい気持ちでいっぱいになる。

ちなみに本来、上位貴族は自身の誕生日パーティーを開くんだとか。

『お嬢様は社交の場を荒《あ》ら——参加するのはお好きでしたが、ご自身の誕生日パーティーだけは絶対に開かなかったんですよ』

だからこそエヴァンにそう尋ねてみたところ、そんな答えが返ってきた。

『どうして？』

『自分の誕生日を心から祝う人なんていないから無意味、と仰《おつしや》っていました』

『……そう、なのね』

元のグレースにそんな一面があったと知り、不思議な気持ちになった記憶《きおく》がある。

楽しく朝食をいただいた後はゼイン様と二人で、遠乗りに出かけた。

ゼイン様の前に座って二人で馬に乗り、透《す》き通《とお》るような青空の下、新緑の葉が波打つ爽《さわ》やかな草原をのんびりと歩いていく。

青っぽい草の香りが鼻をくすぐり、優しい風が頰《ほお》を撫でる。どこまでも静かで、聞こえてくるのは鳥の鳴き声と、草木が揺れる音だけ。

「とても心地《ここち》よいですね」

「そうだな。今日は見晴らしも良いから、景色もよく見える」

雲ひとつないお蔭で遠くの山々まで見えて、写真に残しておきたいくらい、辺り一帯の全てがとても綺麗だった。

けれど心から満喫する私とは裏腹に、ゼイン様は気遣うような表情を浮かべている。

「せっかくの誕生日なのに、本当にこんな過ごし方でいいのか？」

「はい。ゼイン様とこうしてみたいと思っていたので、嬉しいです」

実は全て私のリクエストで、天気の良い日に恋人《こいびと》とのんびりピクニックに行くことに、前世から憧《あこが》れを抱《いだ》いていたのだ。

お金もかからないし、最高のデートだと今も昔も思っている。

そして実際にのどかな風景を楽しみながら、ゼイン様と時間を気にせず他愛ない話をして過ごすのは、想像していたよりもずっと楽しくて、幸せだった。

ゼイン様は一際《ひときわ》高い山を指差し、懐《なつ》かしげに目を細める。

「幼い頃、母が頻繁《ひんぱん》に口にしていた『悪いことをする子どもは、あの山に隠れている巨人《きょじん》に食べられる』という話を信じていて、よく泣いていたんだ」

「ゼイン様がですか？」

「ああ。母の言葉に合わせて、ドア越《ご》しに父が足音を響《ひび》かせるものだから、本当に俺を食べにきたのかと思っていた」

「ふふ、とてもかわいらしいです。きっと見た目も愛らしかったんでしょうね」

今はこんなにも落ち着いた大人の男性であるゼイン様にも、そんなかわいらしい子ども時代があったのだと思うと、きゅんとしてしまう。

ぜひ見てみたかったと話せば、ゼイン様は「絶対に嫌だ」と照れたように笑った。

やがてお昼過ぎになり、美しい白馬を近くの木に繋いだ後、その隣の葉が生《お》い茂《しげ》った大きな木の下に敷布《しきふ》を広げた。

木の下は日陰《ひかげ》になっていて、落ち着いて食事ができそうだ。

屋敷から持ってきていたバスケットを取り出すと、ゼイン様と並んで腰《こし》を下ろした。

「とても美味《うま》そうだ」

「本当ですか？　良かったです！」

サンドイッチなどの入ったバスケットを開けた途端《とたん》、ゼイン様はそう言ってくれて、思わず両手を組んで喜ぶ。するとゼイン様は、不思議そうな顔をした。

「なぜ君が喜ぶんだ？」

「実はこの料理、全て私が作ったんです」

今朝は頑張って三時半に起きて、事前に借りるのを約束していた厨房《ちゅうぼう》で、せっせと一人でバスケットいっぱいの料理を作ってきた。

余った分は屋敷に残るみんなのお昼ご飯にしてほしいと伝え、置いてきてある。

ゼイン様には内緒《ないしょ》にしていたため、心底驚いた様子だった。

「もちろん俺は嬉しいが、これほどのものを作るのは大変だっただろう。君の誕生日だというのに、申し訳なくなる」

「いえ！ 私がただ、ゼイン様に手料理を食べていただきたかったんです」

こうして作ってきた料理を外で好きな男性に振《ふ》るまうことにも、憧れを抱いていた。

気にしないでほしいと伝え、二人で早速サンドイッチや食べやすい料理を食べ始める。

「本当に美味しいよ。君の作ってくれるものが一番好きだ」

「あ、ありがとうございます……！」

お世辞ではなく本気でそう思ってくれているようで、浮かれてしまう。

かなりの量があったのに、ゼイン様は何度も褒《ほ》めながら完食してくれた。

「ご馳走様《ちそうさま》、本当に美味しかったよ。この後はどうしたい？」

ゼイン様に尋ねられた私は「ええと……」と口籠《くちご》もる。

私が何か言いたいけれど言えずにいるのを、察してくれたのだろう。

「君のしたいことを、俺もしたいんだ」

ゼイン様はそう言ってくれて、私は勇気を出して伝えてみることにした。

「あの、実は思《おも》い描《えが》いていた理想のピクニックデートの中で、あとひとつだけやってみたいことがあるんですが……」

「俺にできることなら、いくらでも」

「で、では、膝枕《ひざまくら》をしてもいいですか？」

おずおずと尋ねると、ゼイン様は銀色の睫毛《まつげ》に縁取《ふちど》られた両目を瞬《またた》いた。

我ながらベタ中のベタだとは思うけれど、のどかな自然の中で膝枕をしてお昼寝《ひるね》をするというのは、ロマンチックな小説でよくあるシーンだろう。

図書館にあった古めの恋愛《れんあい》小説が私にとってのバイブルであり憧れだったため、どうか許してほしい。

その一方で、多忙《たぼう》なゼイン様に少しでも休んでもらいたいという気持ちもあった。

「分かった」

ゼイン様は頷くと、どうすれば良いのか尋ねてくれる。

もちろん私も未経験のため、よく分からないまま試行錯誤《しこうさくご》して、正座する私の膝の上にゼイン様が寝転《ねころ》ぶという構図ができあがった。

「思ったより照れるな」

「ほ、本当に……」

ゼイン様の重みや温かさが、ダイレクトに伝わってくる。想像以上に距離《きょり》も近いし、下から見上げられる体勢というのもなかなか恥《は》ずかしい。

それでも時間が経《た》つにつれて少しずつ慣れてきて、肩《かた》の力が抜けていく。

ふわりと心地よい風が吹《ふ》き、ゼイン様は静かに目を閉じた。

「眠《ねむ》れそうですか？」

「これは眠るべきものなのか？」

「はい、そこまでが膝枕です！」

正直そんなことはない気がするものの、堂々と断言すると、ゼイン様は「そうか」と納得してくれたようだった。

目を閉じているゼイン様の顔を、じっと眺《なが》めてみる。

本当に全てのパーツが整っていて正しい位置にあり、完璧《かんぺき》で美しい。未《いま》だにその美貌に慣れることはないし、いつまでも眺めていられそうだ。

こんなに綺麗な人が私のことを好きで、恋人だなんて夢みたいだと今でも思う。

「………」

顔を見つめているだけで「好き」という気持ちが溢れ、柔《やわ》らかな銀髪《ぎんぱつ》をそっと撫でる。

するとゼイン様の形の良い唇《くちびる》が、ふっと弧《こ》を描いた。

「……君といると、これが幸せなんだろうなとよく思うよ」

そんな言葉に胸《むね》の奥がじわじわと温かくなり、視界が揺れる。

私はゼイン様から、たくさんの幸せをもらっている。そんな大好きな彼にも、少しでもそれを返せているのなら、これ以上に嬉しいことはなかった。

数分後、規則正しい寝息《ねいき》が聞こえてきて、眠りにつくことができたらしい。

愛《いと》しい寝顔《ねがお》を眺めながら、ゼイン様のためならどんなことだってできるような気がした。


一時間ほどしてゼイン様は目を覚まし「内容は覚えていないものの、とてもいい夢を見れた気がする、ありがとう」と言ってくれた。

私自身も、ぼんやりとしながら心を休める良い時間になったように思う。

最後は再び馬に乗って、夕焼けがよく見えるという場所へと向かうことにした。

「また時間ができたら、別の場所や数人で行くのも良いかもしれない」

「ぜひ！　ピクニックは人数が増えると、より楽しくなりそうです。それにいつか、子どもができたら一緒に来るのもいいなと思っていて――……」

そこまで言いかけて、私はハッと口を噤んだ。

後半のは具体的に「誰《だれ》の」という深い意味なんてないし、一般論のようなものだ。

それでも今、ゼイン様と私は将来をも考える恋人なわけで「子ども」なんてワードを出してしまったことが恥ずかしくなってしまう。

「ああ、そうだな。きっと楽しくなる」

けれどゼイン様は一切《いっさい》の躊躇いも迷いもなく頷いてくれて、胸がいっぱいになる。

そんな彼とのこの先の未来や、穏《おだ》やかで優しいこの時間がずっとずっと続くよう、祈《いの》らずにはいられなかった。


帰宅してゆっくりとお風呂《ふろ》に入り汗《あせ》を流した後、ヤナに手伝ってもらいながらドレスに袖を通した私は、軽く首を傾《かし》げた。

ラベンダーカラーのドレスはシンプルなデザインながら、レースや宝石が上品にあしらわれており、動く度《たび》に裾《すそ》のフリルが優雅《ゆうが》に揺れている。

「こんなドレス、持っていたかしら？」

「ウィンズレット公爵様からのお誕生日プレゼントです」

あっさりとヤナはそう答え、私は目を瞬く。

そんな私を鏡台の前へ移動させたヤナは、てきぱきと私の髪《かみ》を結《ゆ》い上《あ》げていく。

「耳飾《みみかざ》りは公爵様、こちらの髪飾りと首飾りはマリアベル様からです」

髪には真珠《しんじゅ》の髪飾り、首にはドレスと同じ布を宝石で縁取ったリボンが巻かれ、耳元ではイエローダイヤモンドのピアスが輝《かがや》いていた。

どれも私の語彙力《ごい》では言い表せないほど素敵《すてき》で、それでいて私によく似合っている。

二人が一緒に選んでくれたのだと思うと、胸がいっぱいになった。

「ありがとう、ヤナ。あなたのお蔭でとても素敵だわ」

「いえ、お二人のお見立てとお嬢様のお美しさによるものです」

鏡に映る自分の姿に見惚《みと》れてしまっていたものの、エヴァンが夕食の時間だと知らせてくれて、みんなを待たせるわけにはいかないと急ぎ部屋を出る。

「わあ……」

まっすぐ食堂へ向かうと、朝とは全く様子が変わっていた。花や飾りで美しく彩《いろど》られ、テーブルの上にはご馳走《ちそう》が所狭《せま》しと並んでいる。

まさにパーティー会場という華《はな》やかさで、心が弾《はず》む。

食堂に着くと既にゼイン様とマリアベルの姿があって、二人は私の姿を見た途端、同じ蜂蜜《はちみつ》色の瞳《ひとみ》を見開いた。

「お姉様、とてもお美しいです！　絵本に出てくるお姫《ひめ》様かと思いました」

「ああ、本当に綺麗だ」

「ありがとうございます。ドレスもアクセサリーもとても素敵で、宝物にします」

何度もお礼を伝えたあと、マリアベルは私の手を引いて席へと案内してくれた。

　今日は身分など関係なく私の大切な人達はみんなお客様だというマリアベルにより、エヴァンとヤナ、そしてアルも一緒に席につく。

「まあ、アルも来てくれたのね！　ありがとう」

「別にお前のためじゃない。仕事の一環《いっかん》だ」

「今日は報酬《ほうしゅう》だって払《はら》っていないのに、一言声をかけたら来てくれたんですよ」

「おい、余計なことを言うな！　美味い飯が食えるからだ」

「ふふ、そっか」

　マリアベルの突《つ》っ込みに照れた様子で反論するアルは、相変わらず素直《すなお》じゃないところもかわいい。服装だってこの場に合わせて落ち着いた正装をしていて、笑みがこぼれる。

　それからはみんなで楽しくお喋りをしながら、美味しい食事を楽しんだ。

「この酒、美味しいですね」

「公爵領で造っているんだ。良ければいくつか贈るよ」

　エヴァンとゼイン様はお酒を飲んでおり、この世界では飲酒は十六歳からなんだとか。

　けれどグレースは酒癖《さけぐせ》が悪かったと聞いているため、私はジュースをいただいていた。

　まだ怖《こわ》くてチャレンジできていないものの、いつかゼイン様のいない場でエヴァン辺りに見守ってもらいながら飲んでみたいと思っている。

「ここに来てから何でも美味しくて、太ってしまいそう」

「お嬢様はもっと太っても問題ありませんよ。元が細すぎるので」

「本当？　ヤナがそう言ってくれるなら……」

「俺もどんな君でも好きだから、気にする必要なんてないよ」

不意打ちでゼイン様がそんなことを言うものだから、咳《せ》き込んでしまいそうになる。

大好きな人達に囲まれて過ごす時間は楽しくて、私はずっと笑っていたように思う。


「では、ここからはプレゼントをお渡しする時間にしましょうか！」

食事を終えた後はマリアベルの進行により、みんなが私のために用意してくれたという、プレゼントをもらうこととなった。

こうして集まってお祝いしてもらうだけでも十分なくらい嬉しいし、プレゼントがある素振《そぶ》りもなかったため、ドキドキしてしまう。

まず私の前にやってきたのはヤナで、渡された封筒《ふうとう》の中には簡単な地図のような、何かの場所を表す紙が入っている。

「お嬢様、お誕生日おめでとうございます。この場にはないのですが、実は屋敷の裏庭にお嬢様専用の畑を作りました」

「ええっ」

なんとヤナは庭師達と共に、以前から欲《ほ》しいと口にしていた私専用の畑を侯爵邸の敷地《しきち》内に作ってくれたそうだ。この地図はその場所を示しているらしい。

憧れの家庭菜園ができると思うと、ワクワクが止まらなくなる。魔草《まそう》など、自分で育ててみたいものも数えきれないほどあった。

「あ、ありがとう……すごく嬉しい！　帰った後、早速何を植えるか相談させて」

「それについて悩《なや》む必要はないかと」

「………？」

どういう意味だろうと思っているうちにやってきたのは、マリアベルとアルだった。

歳《とし》の近い二人はいつの間にか仲良くなったらしく、マリアベルが躊躇う様子のアルの背中をぐいぐいと押している。

「お先にどうぞ」

「おい、押すなって！　……ん」

そんなアルがムッとした顔で差し出してくれた小箱の中では、小さな赤い宝石が二つ輝いている。ピアスかと思ったものの、対《つい》になっている小型のブローチだという。

「魔力《まりょく》を流すと互《たが》いの位置が分かる魔道具《まどうぐ》だ。ある程度近くにいる必要はあるが」

「そんな貴重なもの、もらっていいの……？」

「ああ、俺も忙《いそが》しいからな。いつまでもお前の世話をしてられないんだ」

腕を組んで「ふん」と顔を逸《そ》らしたアルに、笑みがこぼれる。

「ありがとう、アル！　これがあれば安心だわ、大事に使わせてもらうね」

よしよしと頭を撫でると「子ども扱《あつか》いすんな！」と怒られてしまった。

私の身を案じて選んでくれたのだろうと、心が温かくなる。

「お姉様、改めてお誕生日おめでとうございます！　大好きです」

次にマリアベルが渡してくれた大きな箱には、お揃いのドレスが入っているそうだ。

以前、姉妹《しまい》のように色違いでお揃いのドレスを着たいという会話をしたのを覚えていて、用意してくれたという。

「素敵なアクセサリーだってもらっていたのに……ありがとう」

「私、お姉様に出会えて本当に幸せなんです。これからもずっと側《そば》にいてください」

「もちろん、私からもお願いしたいわ。大好きよ」

ぎゅっと抱きしめると「ふふ」と嬉しそうに笑ってくれるマリアベルが愛おしすぎて、涙腺《るいせん》が少し緩んでしまった。

二人と入れ替わるようにしてやってきたのは、エヴァンだった。

「俺からはこちらを。おめでとうございます」

いつも通りのエヴァンの手には、びっしりと文字が書かれた一枚の紙がある。

受け取ってそこに書いてある文字にさっと目を通した私は、首を傾げた。

「これって、珍しい魔草のリスト？」

「はい。以前図鑑《ずかん》を読みながら、お嬢様が欲しいと言っていたものです」

魔草は種類によって、売られていないほど貴重なものが数多くある。

そしてここに書かれているのは、山奥《やまおく》だったり崖《がけ》だったり魔物《まもの》が多い森の奥だったりと、とても採りにはいけない憧れの魔草達だった。

「それ、全部採ってきました。根っこから」

「ええっ」

「お嬢様用の畑にも植えられるはずなので、ぜひ。だから今ここにはありません」

「…………」

あまりのことに、言葉に詰まってしまう。エヴァンはさらっと言ってのけたけれど、とんでもなく危険で大変なことだったに違いない。

「そ、そもそも、いつも私の護衛をしているのに、いつ採りに行ったの……？」

「夜です、護衛や魔物討伐《とうばつ》の仕事の後とか。俺は多少寝《ね》なくてもなんとかなるので」

あっさりと言ってのけたエヴァンによって、私は驚きや感動、心配で情緒《じょうちょ》が大変なことになっていた。そんなの全く寝ていないようなものだろう。

誕生日だからといってたくさんの無理をしてくれたことに、胸を打たれていた。

「エ、エヴァン……！　本当にありがとう。嬉しすぎて上手く言語化できないんだけど、絶対に全て大切に育てるわ」

「いえ、お嬢様には世話になっていますから。俺も一応男ですし、身に着けるものや服だと公爵様に殺されてしまいそうなので、かなり悩んだんですよ」

私のことを色々と考えてくれていて、腹立たしい時もあるけれど、大好きなエヴァンを大切にしようと強く思った。

そしてお願いだからもう無理はしないでと言うと、エヴァンは「はい、多分」と分かっているのか怪《あや》しい返事をしてくれる。

絶対に枯《か》らさず、どれも大切に栽培《さいばい》しようと固く心に誓《ちか》い、もう一度お礼を告げた。

「ほら、お前も渡すといい」

「ぴ……」

エヴァンに声をかけられたハニワちゃんは、先日マリアベルにもらったフリフリのドレスを着ており、きちんと正装してきてくれている。かわいすぎて苦しい。

そんなハニワちゃんは、くるくると丸め赤いリボンを結んだ紙を抱《かか》えている。

少し躊躇った様子でおずおずとこちらへやってきて、私に差し出してくれた。

「ありがとう、もしかしてプレゼント？　見てみてもいい？」

「ぷ」

受け取ってそっとリボンを解き、紙を開いていく。

そしてそこに描かれていたものを見た瞬間《しゅんかん》、目の奥がじんと熱くなった。

「……もしかして、ハニワちゃんが描《か》いてくれたの？」

尋ねると、ハニワちゃんはこくりと頷いてくれる。

――絵の具で描かれたピンク色の髪の女性と銀色の髪の男性の絵は、輪郭《りんかく》も歪《ゆが》んでいてパーツはなんとか判別できる、三歳くらいの子どもが描いたような拙《つたな》いものだった。

それでも一生懸命、丁寧《ていねい》に描いてくれたのが伝わってくる。

そしてここに描かれているのが誰なのかなんて、聞かずとも分かっていた。

「もちろん筆なんて持ったことがないので、最初は線すらまともに描けなくてそれはもう苦労していて、一晩中練習していたんですよ」

「ぴ」

エヴァンはそう言って、ハニワちゃんを指先でつつく。

確かにここ最近、夜一緒に眠っていたハニワちゃんがいないことが多かった。エヴァンに懐いているからだと思い、少し寂《さび》しく思っていたのに。

まさか私に隠れて絵の練習をしてくれていたなんて、想像すらしていなかった。

嬉しくて愛おしくて、ずっと我慢《がまん》していた涙《なみだ》が溢れて止まらなくなる。

「ハニワちゃん、本当にありがとう。すごく、すごく嬉しいわ。部屋に飾ってもいい？」

「ぷぽ！」

ゼイン様も感動した様子で「とても上手だ」と褒め、ハニワちゃんを撫でている。

マリアベルやみんなからもたくさん褒められて照れたらしいハニワちゃんは、顔を隠すように私の腕の中に飛び込んだ。

かわいいハニワちゃんを抱きしめながら、この絵は家宝にしようと誓う。

「俺は個別に渡すよ。後で部屋に行っても？」

「あっ、はい！　もちろんです」

ゼイン様にそう返事をした後、私は改めてみんなに向き直った。

「本当にありがとう。最高の誕生日だわ」

何度言っても足りないくらい、感謝の気持ちが溢れてくる。

たくさんのプレゼントを抱えながら、幸せな気持ちで誕生日パーティーは幕を閉じた。

パーティーの後はゆっくりお風呂に入り、寝る支度《したく》を終えた私は自室で過ごしていた。

ゼイン様は急な仕事の連絡《れんらく》が入ったらしく、少し遅《おそ》くなると聞いている。

「……ふふ」

まだ心がふわふわしていて、みんなからもらったプレゼントを箱から出して眺めては、一人でにこにこしてしまう。

そうしているうちに時間が経っていて、ノック音が響くと同時にバッと立ち上がった。

「すまない、遅くなった」

「いえ、お疲れ様です」

ゼイン様を出迎《でむか》えて部屋に通したものの、ソファやテーブルの上には帰宅に向けた荷物や眺めていたプレゼントが置かれたままだということに気が付く。

「すみません、こちらに座ってください！」

ちゃんと片付けておくべきだったと深く反省しながら、ひとまず空いているベッドの上に座ってもらうよう促《うなが》す。

「…………」

少しの間無言だったものの、ゼイン様はやがて「ああ」と頷き、腰を下ろした。

その隣に私も座り、ゼイン様を見上げる。ラフな服装をした彼はお風呂上がりなのか、先程私も使った石鹸《せっけん》の良い香りがふわりと鼻を掠《かす》めた。

「君と二人きりの時に渡したかったんだ」

ゼイン様はそう言って、私の目の前に小さな箱を差し出した。

高級感のある紺色《こんいろ》の箱には見覚えがあって、王族御用達《ごようたし》だという宝石店のものだ。

デザインはどれも素敵で気になっており、以前屋敷に届いたカタログを少し見たことがあるけれど、値段のゼロの数に悲鳴を上げ、ものの数秒で閉じた思い出がある。

「誕生日おめでとう。どうか受け取ってほしい」

「ありがとうございます、開けてみても……？」

「もちろん」

緊張《きんちょう》しながら箱を開けると、綺麗なブレスレットが輝いていた。

華奢《きゃしゃ》なチェーンの所々にダイヤモンドでできたいくつもの眩《まばゆ》い花が輝いていて、その美しさに息を呑《の》む。吸い込まれそうなくらい綺麗で、目を奪《うば》われてしまう。

「以前、壊《こわ》してしまったことを気にしていたんだ。それに君が俺の恋人だと一目で分かるものを贈りたいと思っていたから」

そう言われて、この花はウィンズレット公爵家の紋章《もんしょう》に使われているものだと気付く。

——シーウェル王国では、上位貴族の紋章には必ず花が使われている。

その花がどれほど重要な意味を持つのかなんて、言うまでもない。家門の人間ですら気軽に用いることはなく、大切に重んじられているものだ。

「……っ」

そんな大事なものを贈られる意味だって、分かっているつもりだった。

言いたいことはたくさんあるのに色々な感情が溢れて、何も出てこない。

目の奥が熱くなって、泣いてしまいそうになるのを、ぐっと堪《こら》える。ゼイン様の腕をきゅっと掴んで胸元《むなもと》に顔を埋《うず》めると、ゼイン様は私を両腕《りょううで》で抱きしめてくれた。

ようやく出てきたのは「嬉しい」「大好き」という、ありふれた言葉だった。

「そうか、ありがとう。俺もだよ」

けれどゼイン様は優しい声音《こわね》でそう言ってくれて、余計に視界がぼやける。

こんなにも誰かを好きになることなど、きっともう二度とないだろう。

「本当にありがとうございます。肌身離《はだみはな》さず着けて、一生大切にします」

「ああ。気に入ってくれたのなら良かった」

落ち着いた後、きちんと感謝の気持ちを伝えると、安心した様子で微笑んでくれた。

もしかするとゼイン様も、このブレスレットを渡すことに対して緊張していたのかもしれない、なんて思った。

「今日は本当に本当に、素敵な一日になりました！　みんなからのプレゼントも嬉しかったですし……あ、そうだわ」

私はぱっと立ち上がるとテーブルの上に置いたままだった、アルからのプレゼントであるブローチを手に取った。

そして再びゼイン様の隣に戻ると、赤く輝くひとつを差し出す。

「良かったら一緒に着けませんか？　何かあった時も安心ですし」

ゼイン様は手のひらの上のブローチを見た後、一瞬《いっしゅん》だけ虚《きょ》をつかれたような顔をする。

けれどすぐに「分かった」と言って受け取ってくれた。

「ちなみに君にこれを贈るよう、手を回したりはしていない」

「ふふ、分かっています」

「そうか。どこにいてもすぐに君を見つけて、守ってみせるよ」

ゼイン様は「だから」とまっすぐに私を見つめる。

「もう絶対に、あんな危険なことはしないでくれ」

「はい、その節は本当に申し訳なく……」

ゼイン様の言う「あんな危険なこと」が、魔道具を破壊した時のことだとすぐに察して、私は深々と頭を下げた。

あの謎の光がなければ、今頃《いまごろ》どうなっていたか分からない。

「それにしてもあの光は何だったんでしょう？　ゼイン様のお力だったり……？」

「いや、あの光は間違いなく君が発していたものだ」

「えっ？」

目を開けていられないほど眩《まぶ》しかったこと、密着していたこともあって、私はてっきりゼイン様によるものだと思っていた。

やはり謎は深まるばかりだと頭を悩ませていると、ゼイン様はいつの間にか繋いでいた手をそっと離した。

「遅くまですまなかった、そろそろ部屋へ戻るよ」

そう言って立ち上がろうとしたゼイン様のシャツを、思わず掴む。

「……グレース？」

「あっ、ごめんなさい。その、離れたくなくて」

ゼイン様だって疲れているだろうし、こんな時間に引き止めるのは良くない。

そう理解していても、今日だけは甘えてしまいたくなる。

「誕生日の最後の我《わ》が儘《まま》で、寝るまで側にいてくれませんか……？」

だからこそ、勇気を出してゼイン様にお願いをして、見上げた時だった。

ゼイン様のシャツを摑んでいた手を握《にぎ》られたかと思うと、ぐいと引き寄せられる。

「んっ……」

そして次の瞬間、ゼイン様によって唇が塞《ふさ》がれていた。

突然《とつぜん》のことに驚く間もないまま何度も角度を変え、キスは深くなっていく。身体に力が入らなくなって、ベッドに押し倒された。

やがて唇が離れ、熱を帯びたふたつの金色の瞳に見下ろされる。

私は息をするのも忘れ、ゼイン様から目を逸らせずにいた。

「俺がどれほど我慢をしているのか、君は全く分かっていない」

「……っ」

「君は俺を大層な人間だと思ってくれているようだが、俺だってただの男だ」

恋愛経験のなかった私は、ゼイン様に好かれていると分かっていても、女性として見られているという自覚がなかったように思う。

けれど今、どうしようもなく意識させられていた。

「愛する女性にこんな姿で縋《すが》られて、我慢できる男はどれほどいるんだろうな」

「ご、ごめんなさい……」

戸惑いながらも謝罪の言葉を紡ぐと、ゼイン様はふっと笑う。

そして音を立てて、私の目元に軽く唇を押し当てた。

「だが、今日だけは特別に君が眠るまで側にいることにするよ。俺だって一緒にいたい気持ちは同じだから」

「……ありがとう、ございます」

嬉しい気持ちや緊張で落ち着かないまま、お礼を告げる。心臓はずっと、うるさいくらい大きな音で早鐘《はやがね》を打ち続けている。

ゼイン様は私の上から隣へ移動してベッドに肘《ひじ》をつき、至近距離で見つめ合う添《そ》い寝のような体勢になった。

ベッドの側の椅子《いす》に座ってもらうようなイメージだったから、こうしてじっと見つめられていると、いつまでも眠れる気がしない。

「眠っていいよ」

「添い寝なんてされたら、ドキドキして眠れそうにありません」

「そうか。もっと触《ふ》れ合《あ》えば気にならなくなるかもしれないな」

そんなことを言い、ゼイン様は再び顔を近づけてくる。何度か軽く唇が重ねられ、私はもういっぱいいっぱいで逃げ出《にだ》したくなっていた。

「かわいい」

きっと今の私は林檎《りんご》みたいに真っ赤で、涙目《なみだめ》になっているに違いない。

ゼイン様の大きな手がこちらへ伸《の》びてきて、優しい手つきで頬や頭を撫でられた。彼の全てから愛情が伝わってきて、これ以上ないくらい胸が高鳴る。

「グレースが眠くなるまで、何か話をしようか」

「いいんですか？」

「ああ。面白い話はできないが、君の聞きたいことがあれば何でも」

「じゃあ、子どもの頃のゼイン様のお話がいいです！」

「分かった」

それからゼイン様は、穏やかな声音で昔の話をしてくれた。

家族のこと、友人のこと、好きだったもの、苦手だったもの。どんなことでもゼイン様のことを知ることができるのは嬉しくて、じっと聞き入ってしまう。

心地よいゼイン様の声を聞いているうちに、少しずつ瞼《まぶた》が重くなっていく。

「……ゼイン様、大好きです」

「ああ。俺も好きだよ」

やがてもう眠ってしまうというところでそう伝えると、ゼイン様は柔らかく目を細め、優しく頭を撫でてくれる。

最高の誕生日だったと私は幸せな気持ちのまま目を閉じ、夢の中に落ちていった。


翌朝、目が覚めていつものようにぐっと腕を伸ばそうとしたところで、両腕にとてつもない違《い》和《わ》感《かん》を覚えてしまう。

そして目を開けた私は、目の前の光景を見た瞬間、声にならない悲鳴を上げた。

「――っ!?」

「おはよう、ようやく目が覚めたんだな」

目の前には恋人であるゼイン様がいて、私はがっしりと彼の身体に両腕を回して抱きついているという状況だったからだ。

もはやパニックになりすぎて、今日は天気が良さそうだとか、ゼイン様は寝起《ねお》きからこんなにも眩しくて美しいんだとか、どうでも良いことばかりが脳内を駆け巡《めぐ》る。

「なぜここに、と言いたげな顔をしているから説明しようか。昨晩、グレースが完全に寝《ね》静《しず》まった後、ベッドを抜け出そうとしたらいきなりしがみ付かれたんだ」

「えっ」

「なんとか腕を離そうとしても抵抗《ていこう》された挙句『いや』『いかないで』と泣かれてもう諦《あきら》めてこのままここにいることにした」

「……………」

確かに昨晩、何かに縋るような夢を見た記憶がぼんやりとある。

あまりにも申し訳なくて恥ずかしくて、布団《ふとん》を引き上げて目元まで被った。

「ほ、本当にごめんなさい、でもお蔭でぐっすり眠れました。ゼイン様は……？」

「眠れるわけがないだろう」

「えっ」

「俺の意志の強さに感謝してほしいくらいだ」

じわじわと顔が熱くなっていき、私はがばっと身体を起こした後、ベッドの上に両手と頭をついた。誕生日だったとはいえ、あまりにも迷惑《めいわく》をかけすぎている。

ゼイン様は身体を起こすと私の頭をくしゃりと撫で、小さく笑った。

「着替《きが》えてくるよ。食堂でまた会おう」

「は、はい！　本当にありがとうございました」

今度こそ見送ろうとしたものの、寂しさを感じてしまう私はどうしようもないと思う。

気持ちが顔に出てしまっていたのか、ゼイン様は眉尻《まゆじり》を下げて微笑んだ。

「そんな顔をしないでくれ。ずっと二人で部屋に籠《こ》もっていたくなる」

そうして部屋の前まで送ろうとドアを開けた瞬間、ちょうど目の前の廊下《ろうか》を通ったエヴァンにばったり出くわした。その肩にはハニワちゃんの姿もある。

「ぺぴぽ！」

エヴァンは私達二人の顔を見比べた後、らしくない、ひどく戸惑った顔をして「見なかったことにします」と呟《つぶや》く。

その反応から彼が何を想像したのか察し、顔に熱が集まっていく。

「ち、違うの！　ただ一緒にベッドの上で横になっていただけで……！」

必死に否定しながら掴みかかる勢いでエヴァンの両肩を揺さぶると、やがてエヴァンは「ぷっ」と吹き出した。

「冗談《じょうだん》ですよ、お嬢様にそんな心配はしていませんから」

「くっ……」

小馬鹿にするような態度を取られ、それはそれで腑《ふ》に落ちない。

ゼイン様は平然とした様子で、そんな私とエヴァンを見つめていた、けれど。

「それに元々のお嬢様も、その辺りはちゃんとされていましたから」

「えっ？」

「は」

エヴァンの予想外の発言に、私とゼイン様の声が重なる。

「とんでもなく口も態度も悪かったですが、かわいらしいところもあったんですよ。どういう風にするの、なんて俺に色々聞いてきていましたし」

「………………」

突っ込みどころは色々あるものの、ずっとグレースは男好きの悪女と言われていたくらいだし、不特定多数の男性と経験があるのだと思っていた。

自身の身体が綺麗なままだということに、内心ひどく安堵してしまう。

もちろん前世でも男性との交際経験などなかった私は「初めては愛する男性と結婚《けっこん》してから」という、古臭《ふるくさ》い憧れがあった。

「………………」

一方、ゼイン様も口元を手で覆っていて、どうしたのだろうと気になって顔を覗《のぞ》き込む。

するとゼイン様は「すまない、気にしないでくれ」と言って顔を背《そむ》けた。

「あれだけ良くない噂《うわさ》が流れていたら、気にもなりますよね。もっと早くお伝えすれば良かったです。ははっ」

他人事《ひとごと》のように笑ったエヴァンの頭を叩くと、私も身支度をすると言って、エヴァンの首根っこを摑んで逃げるように部屋の中に戻った。

ドアに背を預け、エヴァンを見上げる。

「さっきの、本当？」

「はい。お嬢様って派手に男を侍《はべ》らせていただけで、割と初心《うぶ》でしたから」

「そ、それなら良かった……」

確かに小説にも男好きの強欲《ごうよく》悪女と書かれていたものの、端役《はやく》ゆえにその詳細《しょうさい》な描写《びょうしゃ》はなかった。ゼイン様も色々思い悩んでいたのかもしれないと思うと、心底ほっとする。

「でも流石《さすが》にキスはしていたわよね」

「まあ、それくらいは一応」

それくらい、とさらっと言ってのけるエヴァンの経験値が気になってしまう。

「ファーストキスが見知らぬ相手なんて……」

私の意識の中では前世と今世を合わせてもゼイン様だし、これぱかりは仕方ないと分かっている。それでも心と身体は簡単に切り離せず、肩を落としていた時だった。

「あ、俺ですよ」

「……なんて？」

「お嬢様のファーストキスの相手は俺です」

新たな爆弾《ばくだん》を落とされたことで、私は手の上に飛び乗ってきたハニワちゃんをうっかり落としそうになった。本当に待ってほしい。

エヴァンはそんな冗談を言う人ではないし、きっと事実なのだろう。驚きと動揺で変な汗が止まらなくなる。

グレースとエヴァンが良い雰囲気だったという話だって、聞いたことがない。

「ちょ、ちょっと待って、それ本当？　いつ、どうして？」

「内緒です。ただ全く深い意味はないので安心してください」

エヴァンは人差し指を唇にあてて綺麗に微笑むと「身支度をするんでしょう？　メイドを呼んで来ますね」と言って部屋を出て行く。

その場に残された私は呆然《ぼうぜん》としながらも、ひとまず忘れようと心に決めたのだった。


そんなこんなであっという間に公爵領での日々は過ぎ、王都へ帰宅することとなった。

帰宅時も当然のようにゼイン様と二人きりで、馬車に揺られる。

私は昨夜のことを反省し罪悪感でいっぱいだったものの、一方のゼイン様は機嫌が良さそうだった。

「とても楽しくて、あっという間でした。本当にありがとうございます」

「こちらこそ。また君と一緒に来られたら嬉しい」

「はい、ぜひ」

まだまだ見ることができていない場所もたくさんあるし、何度だって行きたいと思えた場所もあった。今度は一緒にセンツベリー侯爵《こうしゃく》領へ行く約束もして、胸が弾んだ。

「……きれい」

ふと手元へ視線を落とすと、窓越しに差し込む陽の光を受け、手首のブレスレットがキラキラと眩く輝いている。

宝石には詳《くわ》しくないけれど、特別なダイヤモンドであろうことは分かった。

「それを着けていれば、君が俺以外の男に声をかけられることはないだろうな。命知らずの人間だけは別だが」

どうやらこのブレスレットは、男性除《よ》けの効果が凄《すさ》まじいようだった。過去、グレースが遊んでいた男性から絡《から》まれることもあったため、私としてもありがたい。

「ふふ」

「どうして笑っているんだ？」

「以前はゼイン様って、全く私に興味がないと思っていたので」

カジノでランハートと事後を装《よそお》った最中《さなか》に遭遇《そうぐう》した際、笑顔で何も言わなかったゼイン様に対して私は「全く好かれていない」と思っていた。今となっては懐かしい思い出だ。

その時のことを話すと、頬杖《ほおづえ》をついたゼイン様は「ああ」と片側の口角を上げた。

「今はもう浮気《うわき》のフリだとしても許してやれないだろうから、気を付けてくれ」

「本当に浮気なんてしたら大変ですね」

ゼイン様は笑顔のまま、冗談めいた口調で話すものだから、私も軽い調子でふざけてそう言ってみたのだけれど。

「ああ、俺も人殺しにはなりたくないんだ」

「………………」

太陽よりもダイヤモンドよりも眩しい笑みを浮かべたゼイン様に対して「冗談ですよね」なんて笑い飛ばせる勇気はなかった。

そんな私の顎《あご》を指先で軽く持ち上げると、ゼイン様は綺麗に微笑んでみせる。

「俺が君の最初で最後の男だよ」

「……っ」

「いずれ全てもらうつもりだから、覚悟《かくご》しておいてくれ」

様々なドキドキでいっぱいの私はもう、こくこくと必死に頷くことしかできなかった。

3 違和感の始まり

公爵《こうしゃく》領から王都へ戻《もど》り、いつも通りの日々を送り始めていた矢先、ランハートから女性の友人と共に侯爵邸《こうしゃくてい》を訪《おとず》れたいという手紙が届いた。

彼が誰《だれ》かと一緒《いっしょ》に来るのは初めてで、一体誰なんだろうと思いつつ、ゼイン様にも伝えた上で了承《りょうしょう》するという返事を送った。

そして今日、約束した時間通りにランハートは我が家へとやってきた。

「やあ、久しぶりだね。元気そうで何より」

「お蔭様《かげさま》で。あなたも変わりなさそうね」

玄関《げんかん》ホールで出迎《でむか》える中、ランハートの眩《まぶ》しさや色気にメイド達の顔が赤く染まる。

ランハートとは手紙のやりとりをしたり、何度か偶然《ぐうぜん》社交の場で顔を合わせたりはしていたけれど、こうしてきちんと会うのは、二人で出かけた日以来だった。

「先日、誕生日だっただろう？　祝いに来たんだ」

「ありがとう、知っていたのね」

綺麗《きれい》な薔薇《ばら》の花束を受け取りながら、あまりにも絵になる光景に、ランハートほど薔薇の花束が似合う人がいるのだろうかと本気で思った。

「ごきげんよう、グレース様」

「ダナ様！」

ランハートの後ろから現れたのは、シャーロットのお茶会で出会ったダナ様だった。

友人と一緒とは聞いていたものの、予想外の組み合わせに驚《おどろ》いてしまう。

とにかく立ち話もなんだからと、二人を客間へと案内する。そうしてお茶の準備をしてもらいながら、三人でテーブルを囲んだ。

「私も一緒で驚きましたよね。突然《とつぜん》申し訳ありません」

「いえ、嬉《うれ》しいです。お二人はご友人だったんですね」

「まあね。誕生日を祝いたいと思っていたけど、俺一人だと公爵様に怒《おこ》られそうだし、彼女も君に会いたいと言っていたから一緒に来たんだ」

ランハートの交友関係の広さを流石《さすが》だと思いつつ、彼の配慮《はいりょ》に感謝の念を抱《いだ》く。

それにしてもダナ様が共通の知人であるランハートに話をしてまで、私に会いたいと思ってくれていたなんて意外だった。

「あとこれ、もう一つプレゼント」

そう言ってランハートが近くに控《ひか》えていたヤナに渡《わた》した紙箱には、見覚えがある。

「待って、それって一年待ちっていう幻《まぼろし》の……！」

「そうそう、なんか有名らしいね。食べ物なら気軽に受け取ってくれると思って」

その二つとない美味《おい》しさから、予約から一年待たないと買えないという幻のチーズケーキだった。ずっと気になっていたものの、諦《あきら》めていた品だ。

そしてどこまでも気遣《きづか》ってくれる彼は相変わらず優《やさ》しくて、内心胸を打たれていた。

「本当にありがとう、すごく嬉しい！ 大事にいただくわ」

「喜んでくれて良かったよ。君もようやく十八歳か、まだまだ若いね」

「ふふ、あなただって若いじゃない」

ランハートは私の五つ上だけど、ほとんど変わらない。そもそも今年で二十三というのが信じられないくらい、ランハートは落ち着いていて、達観している感じがする。

「私からもささやかですが、受け取っていただけると嬉しいです」

「まあ、ありがとうございます」

次にダナ様もプレゼントをくださった。中身は貴族女性に大人気の化粧品《けしょうひん》ブランドの新作らしい。女性からこういったものをもらうのは初めてで、喜んではしゃいでしまった。

前世では人にプレゼントをする経済的な余裕《よゆう》なんてなかったから、友人から何かをもらうことも意図的に避《さ》けていたのだ。

浮《う》かれてしまう私を見てダナ様は驚いた反応を見せた後、眉尻《まゆじり》を下げて微笑《ほほえ》んだ。

「ランハート様が仰《おっしゃ》っていた通り、本当にかわいらしい方ですね」

「でしょ？　グレースは誰よりもいい子だよ、俺が保証する」

二人がここに来るまでどんな話をしていたのかは分からない。

けれど今のやりとりだけで、ランハートが私を心から信用し、良く思ってくれているのが伝わってきて、胸に迫《せま》るものがあった。

やがてダナ様はティーカップを静かにソーサーに置き、真剣《しんけん》な眼差《まなざ》しを私へ向けた。

「実はグレース様にお伝えしたいことがあって、こうしてお邪魔《じゃま》させていただきました」

「伝えたいこと、ですか？」

これまでの穏《おだ》やかな雰囲気《ふんいき》とは打って変わり、この場に緊張《きんちょう》感が漂《ただよ》う。

私は膝《ひざ》の上で両手を握《にぎ》り、彼女の言葉を待った。

「……あの日、シャーロット様のお茶会に呼ばれた招待客は全員、過去にグレース様と大きなトラブルがあった人々だったんです」

「えっ？」

想像もしていなかった告白に、戸惑《とまど》いを隠《かく》せなくなる。

確かに周りからの風当たりは強いと思っていたし、グレースが過去に相当な人数に対してやらかしてきたことだって想像はつく。

けれどあの場にいた全員――十五人ほどいた令嬢《れいじょう》全てと大きなトラブルがあったなんて、確率としては明らかにおかしい。

「あの日参加していた方々と別の機会で会うことがあって、シャーロット様とほとんど関わりがなく、なぜあの場に招待されたのか不思議に思っている方もいたんです」

それでいて過去にグレースとトラブルがあったという令嬢が二人もいたこと、彼女が一緒に参加していた友人も同じだったことで、不思議に思ったという。

その結果、他の参加者にも確認《かくにん》して回ったところ、マリアベル以外の参加者十六人全員がグレースと大きなトラブル――理不尽《りふじん》な嫌《いや》がらせに遭《あ》っていたことが分かった。

何よりダナ様自身、シャーロットとは特段親しくはないそうだ。

「私を助けてくださったグレース様にあんな真似《まね》をしてしまったことを悔《く》やんでいて……勝手なことをして申し訳ありません」

「い、いえ！　驚きましたが、謝る必要なんてありません。私に原因があるんですし」

全員とは関われていなかったため、私だけでは気付くことはなかっただろう。

罪悪感でいっぱいという様子のダナ様にはもう気にしないでほしいと告げる一方で、自身の中で違和感《いわかん》が広がっていくのが分かった。

そもそも親しくもない私を招待した時点で、妙《みょう》だとは思っていた。

「へえ、立派な嫌がらせだね。それ」

ランハートがはっきりとそう言ったことで、疑念は確信に近づいていく。

――けれどシャーロットが私に対して、嫌がらせをするなんて信じられなかった。

だって私の知るシャーロット・クライヴはこの世の誰よりも心が綺麗で優しい、女神《めがみ》のような女性だったからだ。

「でも、どうしてそんなことを……」

「ウィンズレット公爵様のことが好きだからじゃないの？　恋人《こいびと》である君に嫌がらせをする理由なんて、それだけで十分だって」

「……っ」

「公爵様にその気がない以上、酔《よ》ったフリをして接近するなんて貴族女性がよくやる常套《じょうとう》手段だし、それくらいしても俺はおかしくないと思うな」

二人がキスをしていると勘違《かんちが》いした際、一緒にいたランハートもやはりシャーロットがゼイン様を慕《した》っていると確信したようだった。

「……やっぱり、私に憧《あこが》れていたというのは建前よね」

それでいて、舞踏《ぶとう》会の日のこともヤナと同じ考えらしい。確実な証拠《しょうこ》はないものの、シャーロットへの不信感が膨《ふく》らみ、心臓が嫌な音を立てていくのを感じた。

「とにかくシャーロット様には気を付けてほしいと、お伝えしたかったんです」

「ありがとうございます。ダナ様のご忠告、とても助かりました」

私は小説も小説のヒロインのシャーロットのことも大好きだったから、こうして周りからの言葉がなければ、彼女を疑うことは難しかったはず。

聖女の力についてだけでなく彼女自身についても今後、注意していこうと思う。

「じゃ、ここからは楽しく話そうか。グレースは過去のやんちゃのせいで同性の友達が全くいないから、ダナ嬢《じょう》も仲良くしてあげてよ」

空気を変えるように、ランハートは軽い調子でぱんと両手を叩《たた》く。

「ランハートの言う通りすぎて、ぐうの音も出ないわ」

「あはは、あっさり認めるんだ」

「ふふ、本当にお二人は仲が良《い》いんですね。私で良ければ改めてよろしくお願いします」

それからは三人で楽しくお茶をしながら改めて自己紹介《しょうかい》をしたり、ダナ様やその友人の令嬢達と王都にある流行《はや》りのカフェに行く約束をしたりした。

同世代の貴族令嬢との交流は新鮮《しんせん》で、学びも多い。ドレスなどの流行から気を付けるべき相手まで、無知な私にダナ様はひとつひとつ丁寧《ていねい》に教えてくれた。

貴族は付き合いが大切だとは知りつつピンときていなかった私も、その必要性を今更《いまさら》ながらに実感する。何よりこうして話をするのは、とても楽しかった。

あっという間に時間は過ぎ、帰宅する二人を門まで見送った後、自室へと戻った。

『俺にできることがあれば、いつでも言って』

帰《かえ》り際《ぎわ》にランハートがかけてくれた言葉は、とても心強かった。

結局、私は彼に対してお礼らしいお礼もできていないし、いつか彼が困った際にはどんなことでも力になりたいと思っている。

「ええ。友達ってやっぱりいいなって思って。もちろんヤナも大切な友人、仲間だと思っているから！　むしろ家族に近いかも」

「お嬢様《じょうさま》、とても楽しそうでしたね」

「ありがとうございます。私もお嬢様が大好きで、大切です」

嬉しくなってヤナに抱《だ》きついた後、早速《さっそく》ランハートからもらった花束を花瓶《かびん》に生けてもらおうとしたところで、ふと疑問を抱く。

「……他の男性からもらったお花を部屋に飾《かざ》るのって、失礼なのかしら」

以前、ランハートから贈《おく》られたブレスレットが粉々になったことを思い出す。するとハニワちゃんと庭園で戦闘《せんとう》の訓練をしていたエヴァンが戻ってきて「大丈夫《だいじょうぶ》だと思いますよ」と、なんてことないように言ってのけた。

「十三本なら問題ないかと」

「どういうこと？」

「薔薇って、贈る本数によって意味が変わるんです」

野草を食べて暮らしていた私は高価な花に縁《えん》がなく、初めて知った。

ヤナは意味があることだけは知っていたものの、各本数の意味までは知らないらしく、エヴァンがなぜ知っているのかも気になってしまう。

「十三本はどういう意味があるの？」

「それはぜひ、ご自分で調べてみてください」

唇《くちびる》に人差し指をあてて微笑むエヴァンには、やはり謎《なぞ》が多い。けれどそんなエヴァンも大好きで、大切な友人であり家族だと思いながら、私は頷《うなず》いたのだった。


数日後、私はメイドに図書室で借りてきてもらった、花言葉に関する本を読んでいた。

一本は「一目惚《ひとめぼ》れ」だったり、四本は「死ぬまで気持ちは変わりません」だったりと、どれも素敵《すてき》でロマンチックでドキドキする。

ひとつひとつの意味を学びながら、やがて十三本と書かれたところで手を止めた。

「……十三本は、永遠の友情」

──異性にプレゼントするのは『友達でいましょう』という意味になる。

声に出して読み上げた後、胸《むね》の奥がひどく締《し》め付《つ》けられるのを感じていた。

ランハートはどんな気持ちで、あの花束を贈ってくれたのだろう。

『俺にすればいいのに。大事にするよ』

『君が俺を好きになってくれたら、ずっと大切にする自信があるんだ』

『俺、結構本気で君のこと良いなと思ってるから』

本当はずっと、心の奥で引っかかっていた。

彼が私に向けてくれていた感情は、きっと友愛だけではなかった。それでもはっきりと好意を伝えられたわけではなく、その気持ちに対してきちんと返事だってしていない。

だからこそゼイン様と恋人になった今、どう接していいのか分からずにいた。

きっとランハートは私の気持ちを察して、こうして伝えてくれたのだろう。

「……本当に、優しすぎるわ」

ランハートは軽薄《けいはく》に振《ふ》る舞《ま》いながらも周りをよく見ている、愛情深い優しい人だ。

そんなランハート・ガードナーという人が、心から大好きだと実感する。

そしてこれから先も、大切な友人として彼と付き合っていきたいと心から思った。


自室で朝から食堂に関する書類仕事をしていると、テーブルの上の薔薇の花をつついていたハニワちゃんが側《そば》にやってきて、ペンを持つ私の手にちょこんと触《ふ》れた。

「ぺぱぽ、ぱ？」

「ごめんね、エヴァンは今日いないの。外で魔物《まもの》と戦うお仕事をしているのよ」

「ぷ……」

ハニワちゃんはとても寂《さび》しそうにしていて、喧嘩《けんか》をすることもあるけれど、本当はエヴァンと仲良しで大好きなのが伝わってくる。

そもそも小さな子ども――むしろまだ一歳の赤ちゃんのようなハニワちゃんと同レベルで喧嘩をしている、二十六歳のエヴァンがおかしい。

「無事に帰ってきてくださるといいですね」

「ええ、本当に」

旅行鞄《かばん》に私の荷物を詰《つ》め込んでくれているヤナに笑顔《えがお》を返すと、私はしゅんとするハニワちゃんの頭を指先で撫《な》でた。

「明日には戻ってくるし、二日後からの旅行も一緒だからね」

――そう、いよいよ明後日《あさって》はマリアベルと、彼女やゼイン様の親戚《しんせき》であるウォーレン様に会いに行くことになっている。

最近は公爵領を出て、侯爵《こうしゃく》家に嫁《とつ》いだご令妹の元で暮らしているという。

「何か分かるといいんだけど……」

色々と調べてみたものの、結局聖女の力について詳《くわ》しいことは分からないまま。

その一方で、シャーロットが言っていた通り瘴気《しょうき》は日々各地で増加しており、過去に例を見ないペースで魔物が現れているという。

ゼイン様もエヴァンもここ最近は魔物の討伐《とうばつ》で忙《いそが》しく、心配は募《つの》るばかりだ。

魔鉱水《まこうすい》の買い占《し》め《か》も激化しており、隣国《りんごく》では既《すで》に国規模の問題になっているそうだ。

「……本当に、あっという間に変わっていくのね」

一気に小説の展開通りに世界が変化し始め、心が鉛《なまり》になったみたいに重たくなる。

ゼイン様の愛情を疑うことなどもう二度としないし、私にできることならどんなことだってする覚悟《かくご》はある。

それでも解決策が未《いま》だに見つからない以上、恐怖《きょうふ》心を抱いてしまうのも事実で。

グレース・センツベリーが主人公であるゼイン様と結ばれる未来があるのだろうかと、不安になることだってある。大勢の人の命がかかっていると思うと、尚更《なおさら》だ。

とにかくウォーレン様に会う機会を無駄《むだ》にしまいと、気合を入れた。

翌日の昼過ぎ、私は食堂の新メニューの試作のため、ミリエルへとやってきた。

けれど店の裏で待機していても、食材が届くはずの時間はとうに過ぎているのに、いつまでも業者が現れる気配はない。

「どこかで迷っているのかしら?」

「俺が少し様子を見てきます。魔法《まほう》を使えば馬車よりも速いですし」

「ありがとう、お願いね」

黙《だま》って座っていると眠《ねむ》くなってきたという、先程《さきほど》から仕事中とは思えないほど欠伸《あくび》を連発していたエヴァンが、外まで捜《さが》しに行ってくれることになった。

その間、手持《ても》ち無沙汰《ぶさた》になり、食堂の手伝いをしようと店の中へ移動すると、賑《にぎ》わう店内に一際《ひときわ》目立つ男性がいることに気が付いた。

「イザークさん、こんにちは！　今日も来てくださったんですね」

「ちょうどこの辺りで仕事がありまして」

すぐに駆《か》け寄《よ》って声をかけると、深緑のジャケットを着こなすイザークさんは、黒曜石に似た両目を細め、ふわりと微笑んだ。

最近もお客さんとして定期的に食堂を訪れてくれており、その度《たび》に手土産《てみやげ》なども持ってきてくれるため、従業員からも大人気だった。

近くにいた女性客も、彼を見て色めき立っている。けれどそれも当然だと思えるほど、イザークさんの美貌《びぼう》や大人の色気は圧倒的《あっとうてき》で、凄《すさ》まじいものだった。

「最近は満席で入れないことも多いんです。大盛況《だいせいきょう》で何よりですね」

「いつもありがとうございます。お蔭様で従業員を増やそうと思っているんです」

細部までしっかりとこだわっていること、そして店のコンセプトを応援《おうえん》してくれる方が多いことにより、リピーター率がものすごく高いんだとか。

その上で口コミによって新規客も入り、店の経営は順調そのものだった。二階部分も客席として使えるよう、近々工事を進める予定でいる。

「お忙しい中、引き止めてしまってすみません。日替《ひが》わりのランチをお願いします」

「いえ、ありがとうございます！　少々お待ちください」

そうして注文を取り、厨房《ちゅうぼう》へ伝えようとした時だった。

ドン、ガシャン、という大きな音が店内に響《ひび》き、音がした方へ視線を向ける。

「ったく、酌《しゃく》くらいしろよ！　こっちは客だぞ！」

「うちはそういう店じゃありません」

でっぷりとした中年男性が酒瓶《さかびん》を手に、従業員のアニエスを怒鳴《どな》りつけていて、私はすぐに二人の間に割って入った。

男性はかなり酔っているらしく、脂《あぶら》ぎった顔は真っ赤に染まっている。

「アニエス、大丈夫？　何があったの？」

「こちらのお客さんが酒を持ち込んだ挙句、隣《となり》に座って酌をしろって言いだして……断ったら怒鳴って机を思いきり殴《なぐ》ったんです」

床《ゆか》には水とガラスの破片《はへん》が散らばっていて、先程の音は男性がテーブルを叩き、グラスが床に落ちて割れた音だったのだろう。

最低最悪で迷惑極《めいわくきわ》まりないと、怒《いか》りが込《こ》み上《あ》げてくる。客だからといって、何をしてもいいはずがないというのに。

「ごめんなさいね、驚いたでしょう？　あなたは裏で少し休んでいて」

アニエスに笑顔を向けて声をかけ、奥へ行ったのを確認すると、男性に向き直った。

若い女性を怒鳴ってセクハラまがいのことをするなんて、絶対に許せない。

「出て行ってください。あなたはうちの店のお客様じゃありません」

「何だと？　生意気な口を利《き》きやがって！」

「出て行かないのなら、自警団を呼びます」

「ふざけるな！　俺が何をしたって言うんだよ！」

私が一歩も引かないことに対して男性はさらに苛立《いらだ》ったらしく、もう一度テーブルに拳《こぶし》を思いきり叩きつける。

この様子では自ら出て行きそうになく、周りのお客さんにも迷惑がかかるだろうと、私は離《はな》れた場所にいるローナに「裏口から自警団を呼んできて」と伝える。

彼らが到着《とうちゃく》するまで、周りのお客さんや従業員に迷惑がかからないよう、見張っておかなければと思い、振り返った私は息を呑《の》んだ。

「――え」

大きなテーブルがこちらに向かってひっくり返され、すんでのところで躱《かわ》す。

けれど次の瞬間《しゅんかん》には酒瓶が振りかざされていて、このままでは頭に直撃《ちょくげき》する、もう避けられないと悟《さと》った時だった。

温かい何かに抱きしめられ、視界がぶれる。そのまま地面に倒《たお》れ込んだものの、いつまでも痛みがくることはない。

何が起きたのだろうと顔を上げた私の顔に、ぽたぽたと赤い液体が滴《したた》り落《お》ちてくる。

それが私を抱きしめるイザークさんの額から垂れている血だと気付くのと同時に、彼が身を挺《てい》して庇《かば》ってくれたのだと理解した。

「イザークさん、大丈夫ですか⁉」

「はい。あなたこそ怪我《けが》はありませんか？」

「……っ」

こんな状況《じょうきょう》でも私の心配をしてくれるイザークさんの優しさに、胸を打たれる。

イザークさんを気遣いながらゆっくり身体《からだ》を起こすと、酒瓶を持った男性はひどく動揺《どうよう》した様子でこちらを見ていた。

「俺は、こんなつもりじゃ……この女が生意気だから……」

イザークさんの怪我を見て、自身のしでかしたことの大きさに気付き、酔いが冷めて冷静になったのかもしれない。

「お前らが悪いんだ！　俺は悪くない！」

周りにいた男性客達が取り押さえようとしたところ、酒瓶を投げ捨てて逃《に》げ出《だ》す。

このまま逃がすのは許せないものの、優先すべきは怪我をしたイザークさんだった。

「ごめんなさい、私を庇ったばかりに……すぐに手当てをしますから！」

「お嬢様、大丈夫ですか⁉」

「ええ。私は無傷だから、イザークさんの怪我をお願い」

救急箱を手に駆け寄ってきてくれたヤナは、裏で仕事をしていて騒《さわ》ぎに気付くのが遅《おそ》くなったそうだ。

イザークさんの怪我は出血量が多いものの、傷自体は深くないようで安堵《あんど》した。

「助けてくださって、本当にありがとうございました」

「お役に立てて良かったです。魔法を使うなり他に方法があったはずなのに、咄嗟《とっさ》のこと
でこんな怪我をしてしまい……お恥《は》ずかしい限りです」

「そんなことはありません！　イザークさんが助けてくださらなかったら、今頃《いまごろ》どうなっ
ていたか……」

床に転がっている瓶へ視線を向け、下手をすれば死んでいたかもしれないと、ぞっとし
ながら自身の身体を抱きしめた。

身を挺して守ってくれたイザークさんには、感謝してもしきれない。

いくら酔っていたとはいえ、あんな殺人未遂《みすい》レベルの暴力に走るとは思わなかった。

「絶対に許せません。死罪でもぬるいくらいです」

「ええ。でも、呼びに行ってもらった自警団は間に合わなかったでしょうね」

本気で怒っているヤナに、深く同意する。

けれどこのまま何の処罰《しょばつ》も受けないなんて、絶対にあってはならない。あれほどの酒癖《さけぐせ》はもう病気のようなものだし、また同じことを繰《く》り返すのは目に見えている。センツベリー侯爵家の力を使ってでも必ず捕《つか》まえると決意したところで、来客を知らせるドアのベルがちりりんと鳴った。

こんな状況では営業どころではないし、今来てくれたお客さんには帰ってもらい、現在店内にいるお客さんにも謝罪しなければ。

「……エヴァン？」

そんなことを考えている中、店内へ入ってきたのはエヴァンだった。

そして彼が右手に持っているものを見た瞬間、口からは間の抜《ぬ》けた声が漏《も》れる。

「迷っていた業者をここまで案内した後、妙な奴《やつ》が店から飛び出してきたんでぶん殴って捕まえてみたんですけど、何かあったんですか？」

なんとエヴァンは気絶している先程暴れた男性の首根っこを摑《つか》んでいて、あっさりと予想外の形で決着がついたのだった。


──その後、男性は駆けつけた自警団によって連れて行かれた。私やイザークさんへの暴行や器物損壊《そんかい》などの罪により、処罰を受けることになるそうで安心した。

店内で騒ぎが起き、店のイメージが悪くなることを心配したものの、男性は最近あちこちで酔っては暴れるのを繰り返していた迷惑客らしく、むしろ感謝される結果となった。

「イザークさん、改めてありがとうございました。やっぱり病院へ行きませんか？」

「いえ、これくらい問題ありません。お気になさらないでください」

ヤナが簡易的な手当てをしたけれど、一応は病院で診《み》てもらった方がいいはず。何度かそう言ったけれど、イザークさんは問題ないと微笑むばかりだった。

お礼をしたいと言っても、これくらい当然のことだと言って断られてしまう。

「では、良かったらまたぜひ来てください。たくさんご馳走《ちそう》しますので！」

「ありがとうございます。この店の料理がとても好きなので、嬉しいです」

店内にいたお客さん達にもきちんと謝罪をして、即席《そくせき》で作った後日無料でランチプレートを食べられるチケットを配ってある。

お店の中も掃除《そうじ》と片付けをして、明日から通常通りの営業ができそうで良かった。

「それでは僕はそろそろ失礼します。手当てをしてくださり、ありがとうございました」

「こちらこそありがとうございました！　どうかお気を付けてくださいね」

「はい。あなたが無事で本当に良かったです。それではまた」

小さく礼をして出て行くイザークさんはどこまでも良い人で、感動してしまう。

ヤナや従業員達も同じ気持ちらしく、アニエスは「私、将来はあんな素敵な人と結婚《けっこん》したいです」なんて言っている。

確かにあれほど優しくて紳士《しんし》な男性は、なかなかいないだろう。

みんながイザークさんを褒《ほ》め称《たた》える中、私の隣に立っているエヴァンだけは静かだった。

「どうかした？」

「何でもありません。ただあの人、なんだか胡散臭《うさんくさ》く思えるんですよね。根拠《こんきょ》はないし、ただの勘《かん》なんですけど、俺のこういうのってよく当たるので」

「もう、あんな怪我をしてまで助けてくださったのよ。失礼なこと言わないの」

いつものように軽い調子でそう言った私は、エヴァンもいつも通り「そうですよね」なんて言って笑ってくれると思っていたのに。

イザークさんが出て行ったドアを無表情で見つめるエヴァンは、無言のままだった。


大勢の招待客がいるパーティー会場にて、一際目立つ彼は遠目でもすぐに見つけられた。

眩しい銀色を視界に捉えるだけで、胸が高鳴ってしまう。

「ウィンズレット公爵様！　公爵様もいらしていたんですね」

「君は……」

人混みをすり抜けて彼の側へと向かい、偶然すれ違ったように装って声をかける。

するとゼイン様は私を見た途端、大好きな金色の両目を見開く。

――本当は今日、ゼイン様がこの舞踏会に来ると調べた上で参加した。

グレースのせいで小説のストーリーが全てくるってしまい、ヒロインの私がこうでもしないと会えないなんて、絶対に間違っている。

(どこからストーリーが変わったの？　冒頭の通り、マリアベルが死ねば変わるのかしら)

やがてゼイン様は、ふっと口元を緩めた。冷酷公爵と呼ばれるゼイン様が、誰にでも笑いかけないことだってよく知っている。

やっぱり運命の相手である私を、特別に思ってくれているのかもしれない。

「お会いできて嬉しいです。実はお話ししたいことがあって……」

「ああ、俺もちょうど君に会いたいと思っていたんだ」

「えっ？」

そんな言葉に、どきりと心臓が跳ねる。

(どういうこと？　ゼイン様、本当は私のことを……？)

心臓が早鐘を打つのを感じながら、二人きりで話がしたいと言うゼイン様についていき、ホールから人気《ひとけ》のない廊下に出る。

薄暗い廊下でゼイン様に向き直ると、窓越しに見える美しい月を背に立つ彼の姿はあまりにも綺麗で、見惚れてしまう。

ヒロインの私に釣り合うのはゼイン様だけだと、改めて実感する。

「話というのは？」

「……実はグレース様が、公爵様以外の男性と親しくしているようなんです」

「へえ？」

今の私がゼイン様を手に入れるためにすべきなのは、グレース・センツベリーを小説通りの悪女に仕立て上げた上で、二人を別れさせることだろう。

そうすればもう一度、あの舞踏会の日からやり直せるはず。

そのためにイザークはグレースに近づき、順調に距離を縮めているようだった。少しずつ時間をかけて、ゼイン様にグレースへの不信感を与えていかなければ。

「私の友人にも過去、グレース様に虐げられた方は大勢いますし、かなり親しくされていた男性もたくさん存じ上げています」

「……それで？」

「人というのは簡単には変われません。ですから、公爵様が心配で……」

グレースの悪事や男遊びといった過去は、絶対に消えない。

ゼイン様だって絶対に、そういった話を耳にしたことがあるに違いない。こうして事実を突きつけて揺さぶりをかけていけば、どんな人だって不安や懐疑心を抱くはず。

そう、思っていたのに。

「言いたいことはそれだけか？」

「……え」

「忠告、感謝するよ。だが俺はグレースを信じているし、問題はない」

ゼイン様は一切の動揺も見せず、そう言ってのける。心の底からグレースを信じ切っていることが窺えて、頭を思いきり殴られたような思いがした。

その上、黄金の瞳はひどく冷え切っていて、軽蔑するような視線を向けられる。

「で、でも……」

「君こそ不信感を抱くグレースになぜ近づいた？　あの茶会に参加していた人間は皆、彼女に敵意を抱いていた。毒蛇を用意したのも君なんじゃないか？」

「そんな、私は何も……！　ただ最初は、グレース様と親しくなりたかっただけで……」

必死に否定しても、ゼイン様の眼差しは氷のように冷たいまま。

まさかゼイン様がそこまで調べていたなんて、想像すらしていなかった。

（どうしよう、どうしたらゼイン様は私をちゃんと見てくれる？）

気が付けば私は壁際まで追い詰められていて、戸惑う私の顔の真横に、どんっと固く握りしめた拳を叩きつけられる。

ぞっとするほど強い圧による恐怖でびくりと身体が跳ね、息を呑む。ゼイン様は本気で怒っているのだと、全身で思い知らされていた。

「金輪際、俺とグレースに関わらないでくれないか」

「……どう、して」

「俺は愛する彼女を傷付ける人間には容赦しない」

「……っ」

「二度と俺の前に現れないでくれ」

それだけ言い、ゼイン様は純白のジャケットを翻して去っていく。

一人残された私はずるずるとしゃがみ込み、その背中を見つめることしかできずにいた。

今しがた起きたことの全てが信じられなくて、頭が真っ白になる。

──あんなの、ゼイン様じゃない。

「だってゼイン様はこんな風にシャーロットに怒ったりなんかしないし、いつだって優しい笑顔を向けて宝物みたいに触れるのに……いや、いやよあんなの！　絶対におかしい！グレースのせいで本当に変わっちゃったんだわ……」

ゼイン様はもう私の声なんて届かないくらい、グレースに毒されてしまっている。

悲しくて悔しくて惨めで腹立たしくて、視界が揺れた。

（愛されるべきヒロインの私が、どうしてこんな思いをしなくちゃいけないの？）

全てはグレース・センツベリーのせいで、ふつふつと怒りが込み上げてくる。私より先

に出会い、小説の知識を利用してゼイン様を誑《たぶら》かしたに違いない。

絶対に許せないと、きつくドレスを握りしめる。このままではきっと、ゼイン様は私のことを愛してはくれない。

そして全て本来の小説通りにすることは不可能だということも、思い知らされていた。

だからもう、諸悪の根源であるグレースには消えてもらうしかない。

そうすればゼイン様の目も覚めるだろうし、今度こそ傷付いたゼイン様を私が癒やしてあげれば、きっと元に戻れるはずだから。

「……グレースなんて、死んじゃえばいいんだわ」

4 目覚める力

朝早くに屋敷《やしき》を出て、公爵邸《こうしゃくてい》へマリアベルを迎《むか》えに行った後、侯爵《こうしゃく》領へ出発した。

ゼイン様も一緒《いっしょ》に行きたいと言ってくれていたものの、魔物《まもの》の討伐《とうばつ》の仕事で休みが取れなかったそうで、エヴァンとマリアベル、複数の護衛と共に向かっている。

『再来週、マリアベルと二週間ほどかけてロブソン侯爵領へ行ってきますね』

最初にそう報告した際、ゼイン様はなぜか驚《おどろ》いたような反応をした。

そして少しの後、私を抱《だ》きしめて「分かった」と応《こた》える。

『……ありがとう』

なぜお礼を言われるのか分からずにいると、ゼイン様は私の肩《かた》に顔を埋《うず》めた。

広い背中に腕《うで》を回しながらその言葉の意味を理解するのに、少しの時間を要した。

――私はこれまでゼイン様と別れるために遠出をする際、彼には何も言わずにいた。

アルに調べられていたことで行き先なども全てバレていて、ゼイン様はいつだって余裕《よゆう》のある態度だったけれど、本当は悲しんだり傷付いたりしていたのかもしれない。

全てが筒抜《つつぬ》けだったとしても、ゼイン様が私と別れるために何も言わずにいなくなってしまったら、私は間違《まちが》いなくそう感じてしまうだろう。

『本当にごめんなさい。もう絶対に何も言わずにいなくなったりしません』

『ああ』

それでもずっと私を想《おも》い続けてくれていたゼイン様を、大切にしたいと心から思う。

ちなみにゼイン様は「ウォーレンとは必要最低限の会話にしてほしい」「できることなら会ってほしくない」とも言っていたけれど、一体なぜなのだろう。

そんなことを思い出していると、出発したばかりなのにもう会いたくなってしまい、気持ちを切り替《か》えるために窓の外へ視線を向けた。

王都からは結構な距離《きょり》があって、馬車で五日ほどかかる場所だそうだ。

「最近はこの辺りでも魔物の目撃《もくげき》情報があったそうなので、怖《こわ》いです」

「俺さえいれば、絶対に大丈夫《だいじょうぶ》ですよ」

馬車に揺《ゆ》られながら不安げに話したマリアベルに対し、エヴァンは何てことないように断言してみせた。

エヴァンのこういうところは本当に頼《たよ》りになるし、格好いいと思う。

「ふふ、そうですね。エヴァン様がいてくださって良かったです」

安堵《あんど》の笑《え》みを浮《う》かべるマリアベルはエヴァンに憧《あこが》れているらしく、どうかその気持ちが間違って恋心《こいごころ》にならないことを、私もゼイン様も心から祈《いの》っている。

「ぱぴ、ぽぷ！」

「ハニワちゃんも張り切っているみたい」

私の膝《ひざ》の上にちょこんと座っているハニワちゃんもぐっと両腕《りょううで》に力を入れていて、そのかわいらしさと健気《けなげ》さに口元が緩《ゆる》む。

「いざという時、魔物と戦えるんですかね。一応、軽く戦闘《せんとう》訓練はしていますけど」

「確かに気にはなるけど、ハニワちゃんには怪我《けが》をしてほしくないのよね」

そもそも使《つか》い魔《ま》というのは、魔物との戦闘に使われることも多いと聞く。エヴァンやゼイン様ほどになると、自分で戦う方が手っ取り早いから必要ないらしいけれど。

エヴァンを本気で殴《なぐ》る時なんかは腕が大きく太くなるし、試《ため》したことはないものの、実は結構戦えたりするのかもしれない。

「土でできているので痛みはないし、何度崩《くず》れたって平気ですよ」

「それでも嫌《いや》なものは嫌だもの。マリアベルも分かるでしょう？」

「はい、ハニワちゃんが傷付くところは見たくありません」

エヴァンは「変なの」と首を傾《かし》げているけれど、きっとヤナも同意してくれるはず。

当のハニワちゃん本人は「ぷ？」と不思議そうな顔をしていた。

やがて到着《とうちゃく》した侯爵領は見渡《みわた》す限り自然に囲まれた、穏《おだ》やかな場所だった。

煉瓦《れんが》造りの大きな屋敷の前で馬車が停《と》まり、エヴァンのエスコートを受けて下車したマリアベルは、途端《とたん》にぱあっと表情を明るくして走り出した。

「ウォーレン様、お久しぶりです！」

「ようこそ、待っていましたよ」

飛びつくようにしてマリアベルが抱きついたのは、少し長めのミルクティー色の髪《かみ》が印象的は長身の男性だった。

愛《いと》しげに細められた両目は、マリアベルやゼイン様と同じ色をしている。

「グレースお姉様、こちらがウォーレン叔父《おじ》様です」

「えっ」

二十代後半にしか見えない彼は叔父様というより、お兄様だ。

ゼイン様のお母様に魔法《まほう》を教えてもらっていた従姉弟《いとこ》と聞いており、私達の親世代くらいの年上男性をイメージしていたため、驚きを隠《かく》せない。

「ようこそいらっしゃいました、ウォーレン・ロブソンです。よろしくお願いします」

「お初にお目にかかります、グレース・センツベリーと申します」

現在は三十四歳らしく、実年齢《ねんれい》よりもずっと若く見える。それでいて目元や雰囲気《ふんいき》は少しだけゼイン様に似ていて、かなりの美形だった。

なんと神童と呼ばれていたほどの天才で、十三歳の頃《ころ》にはもう完璧《かんぺき》に応用レベルの魔法を使いこなせるようになっていたという。

「長旅でお疲《つか》れでしょう、どうぞ中へお入りください。昼食も用意していますので」

それからは屋敷の中に案内され、三人で昼食をいただいた。

最初は緊張《きんちょう》していたものの、ウォーレン様はとても気さくで穏やかで、途中《とちゅう》からは肩の力を抜《ぬ》いて楽しくお喋《しゃべ》りすることができている。

「ゼインは一生結婚《けっこん》しないと思っていたので、安心しました。グレース様のような素敵《すてき》な女性が側《そば》にいてくださるのであれば、公爵《こうしゃく》家も安泰《あんたい》ですね」

ゼイン様のことを話すウォーレン様は、とても楽しげだった。

それでいて「安心した」と嬉《うれ》しそうに話す姿からは、ゼイン様のことを大切に思っているのが伝わってくる。

「ゼイン様とウォーレン様は仲が良《い》いのですね」

「いえ、ものすごく仲は悪いです」

「えっ」

にこにこと穏やかな笑みを浮かべたまま断言するウォーレン様に、面食らってしまう。

「仲が悪いというより、一方的に嫌《きら》われているんです。私は大好きなんですが」

私の聞き間違いかとも思ったけれど、どうやら事実らしい。

「ゼインが幼い頃、泣きそうになりながらも必死にこちらを睨《にら》んでくる姿があまりにもかわいくて仕方なくて、ついつい虐《いじ》めすぎてしまって……」

「…………」

右手を頬《ほお》にあて深い溜《た》め息《いき》を吐《つ》く、憂《うれ》いを帯びたウォーレン様の姿は、絵にして教会に飾《かざ》ってあってもおかしくはないほど麗《うるわ》しい。

けれど言っていることはおかしくて、当初抱いたイメージからかけ離《はな》れている。

先日、ゼイン様が「できることなら会ってほしくない」などと言っていた理由が、少しだけ分かった気がした。

昼食後は早速《さっそく》、応接間にてウォーレン様と二人きりで話す時間を設けてもらった。

「聖女について調べているとマリアベルから聞いています。ロザリーについても、何でも気兼《きが》ねなく尋《たず》ねていただければと思います」

亡《な》くなった方について探《さぐ》るような話を聞くことに、罪悪感はあった。

それでもウォーレン様が「久しぶりに彼女の話ができるのは嬉しいです」と言ってくれたことで、肩が軽くなるのを感じていた。

「ありがとうございます。お言葉に甘えて、いくつか質問させてください」

「はい、どうぞ」

「ロザリー様が聖女の力に目覚めたのは、いつでしたか?」

「十六歳の春です。前ウィンズレット公爵様に出会ってから、半年が経《た》った頃でした」

二人は知人の誕生日パーティーで出会い、お互《たが》いに一目見て恋《こい》に落ちたそうだ。

三ヶ月後には婚約《こんやく》に至り仲睦《むつ》まじく過ごす日々を送る中、前公爵様──ゼイン様のお父様が大きな事故に巻き込まれてしまった。

前侯爵様はロザリー様や辺りにいた人々を庇《かば》い、彼以外は全員無傷だった。

けれどもう彼の命は風前《ふうぜん》の灯《ともしび》で、誰《だれ》が見ても助かるような状況《じょうきょう》ではなく、ロザリー様に遺言《ゆいごん》を託《たく》したそうだ。

自分のことは忘れて、どうか幸せになってほしいと。

「ですがロザリーは深く前公爵様を愛していて、彼以外との未来など考えられないと答えたそうです。そして彼を救いたいと強く願った時、聖女の力を発現したのです」

そこまで聞いた私は、胸《むね》の奥がざわつくのを感じていた。

小説でシャーロットが聖女の力に目覚めたのも、他国が攻め込んできた際にゼイン様が深い傷を負い、それを救いたいと祈った時だったからだ。

「その結果、ロザリーは聖女の力で公爵様を癒《い》やし、二人は無事に結ばれました」

それからすぐに、国からも聖女として認められたそうだ。

そんなロザリー様に、ウォーレン様は一から魔法の扱《あつか》い方を教わったのだという。

「ちなみに先々代の聖女もウィンズレット公爵家の縁戚《えんせき》なんですよ」

「……本当ですか？」

「はい、間違いありません」

つまり先々代の聖女様、ロザリー様、そして小説ではゼイン様の恋人《こいびと》であるシャーロットの全員が、ウィンズレット公爵家と関わりがあることになる。

「……もしかして、公爵家の血筋が関係してる……？」

とても偶然《ぐうぜん》だとは思えず、心臓が早鐘《はやがね》を打っていく。

そんな私の呟きに対し、ウォーレン様は静かに頷《うなず》いた。

「私もそう思っています。聖女の力というのは、国をも揺るがす大きな力です。ですから過去の公爵家の者達もそう考え、血族の人間が悪徒に利用されないよう、文献《ぶんけん》などにも残さないようにしていたのではないでしょうか」

私は聖女の力に目覚めるシャーロットが、特別な存在だと信じ込んでいた。

けれど今は、ゼイン様に流れる血こそが特別なのかもしれないと思い始めていた。


「──様、お嬢様《じょうさま》、おーい」

鼻先が触《ふ》れ合《あ》いそうな距離までエヴァンの顔が近づいていて、はっと我に返る。

慌《あわ》てて後ろに飛《と》び退《の》いた結果、椅子《いす》の縁《ふち》に思いきり頭をぶつけてしまった。

「お姉様、大丈夫ですか？ ものすごい音がしましたが……」

「ごめんなさい。少し考えごとをしていただけなの、平気よ」

ずきずきと痛む頭を押さえながら、マリアベルへ笑顔《えがお》を向ける。

――ウォーレン様からロザリー様に関する話を聞いてから、一夜が明けた。

お礼を告げて侯爵邸《こうしゃくてい》を朝早く出発した後、私達は馬車に揺られ、近くにある大きな街、ベイエルへやってきている。

せっかく遠くまで来たのだから少しだけ観光をして、王都へ戻《もど》ろうという計画を事前に立ててあった。

「叔父様とお話をする中で、お姉様の知りたかった情報は得られましたか？」

「ええ、マリアベルのお蔭《かげ》よ。本当にありがとう」

「それなら良かったです」

はっきりとした答えは見つかっていないものの、ウォーレン様のお蔭でかなり核心《かくしん》に近づけた気がしていた。

この先のことは王都に戻った後、ゼイン様にも相談をして考えようと思っている。

やがて街に到着した私達三人とハニワちゃんは遅《おそ》い朝食をとり、辺りを見て回った。

とても賑《にぎ》やかで綺麗《きれい》な場所で、街の人々も親切な人が多い。

この街に来るのは初めてだと話すと「良い場所だから、ぜひ好きになってほしい」とこちらが申し訳ないと思うくらいサービスをしてくれて、心が温かくなる。

その言葉の通り、ほんの短い時間でも私達はこの街がとても好きになっていた。

「この街は魔草《まそう》を使ったお菓子《かし》が有名なのね。今度またゆっくり来たいわ」

「はい、次はお兄様も一緒に」

近くの屋台で飲み物を買った後、街の中心にある広場で少し休憩《きゅうけい》をすることにした。

美しく整えられた花壇《かだん》の前に並ぶベンチに腰《こし》を下ろそうとしたところで、見覚えのある黒髪《くろかみ》が目の前を横切った。

まさかと思いながらも、咄嗟《とっさ》に名前を呼ぶ。

「……イザークさん？」

「グレース様？　どうしてここに」

やはりイザークさんで、彼は足を止めてこちらへ歩み寄ってきてくれる。

王都から遠く離れた街で出くわすなんて、かなりの偶然に違《ちが》いない。イザークさんも私やエヴァンの姿を見て、切れ長の目を瞬《またた》いている。

「近くに用事があったんです。こんなところで会うなんて、奇遇《きぐう》ですね」

「ええ、本当に。この街は僕の生まれ故郷なんです。里帰りの最中でして」

彼は昨日の晩に帰ってきて、今日は数年ぶりにのんびりと街中を散策していたそうだ。

せっかくの里帰りなのに邪魔《じゃま》をしてはいけないし、引き止めてごめんなさい、と伝えようと口を開きかけた時だった。

「きゃあああっ！」

「逃《に》げろ！　ゼドニーク軍が攻め込んできたぞ！」

「──え」

そんな悲鳴が聞こえてくるのと同時に、男性の怒鳴《どな》り声や馬の足音が広場に響《ひび》く。

逃げ惑《まど》う民《たみ》達の背後から、馬に乗った騎士《きし》達が広場へ押し入ってくるのが見えた。

「お嬢様、マリアベル様、下がっていてください」

私達を庇うように、剣《けん》を抜いたエヴァンが一歩前へ出る。

「……嘘《うそ》、でしょう……」

その後ろで口元を覆《おお》いながら、私は動揺《どうよう》を隠せずにいた。

足が震《ふる》え、冷《ひ》や汗《あせ》が背中を伝う。

なぜなら小説でゼドニーク王国が攻め込んでくる場所はこの街でもなければ、時期はもっと後で。──彼らに攻め込まれた末、グレースは死にかけるのだから。

「ははっ、抵抗《ていこう》する者は殺せ！　皆殺《みなごろ》しだ！」

やがて聞こえてきた声の主を視界に捉《とら》えた瞬間《しゅんかん》、全身の血が凍《こお》りつく感覚がした。

ひとつに束ねられた真っ赤な髪に、真っ赤な目。

その姿には、見覚えがあった。

「……フィランダー・ゼドニーク……！」

彼は『運命の騎士と聖なる乙女《おとめ》』に出てくるサブキャラクターであり、今回攻め込んできたゼドニーク王国の第三王子だ。

そして小説でグレースを殺そうとするのも、フィランダーだった。

『へえ、俺好みの女だな。国へ連れ帰ってやろうか』

『お前のような野蛮《やばん》な男なんて、願い下げだわ』

フィランダーは美しいグレースを見かけて興味を持つものの、グレースは攻め込んできた敵国の人間、それも俺様《おれさま》気質な彼に対して嫌悪《けんお》感を露《あら》わにする。

『そうか、残念だ。俺は生意気な女が何よりも嫌いなんだよ』

フィランダーは短気で残忍《ざんにん》で冷酷《れいこく》で、プライドだって高い。

そんな彼の機嫌《きげん》を損《そこ》ねたことで、グレースは容赦《ようしゃ》なく剣で顔を斬《き》りつけられる。

『あああああっ！　私の……私の顔が……よくも……！』

激昂《げきこう》したグレースは護衛達に彼を殺すよう命じるも返《かえ》り討《う》ちに遭《あ》い、その結果、腹部に剣を突《つ》き刺《さ》されてしまう。

それでもグレースは顔の傷ばかりを気にして、叫《さけ》び続ける。

そうして命を落としかけたところでシャーロットが争いの場に駆《か》けつけ、瀕死《ひんし》のグレースを聖女の力で救ってくれるのだ。

「……っ」

このままフィランダーと顔を合わせてはまずいと、顔を伏《ふ》せる。

とにかく混乱に乗じて、今はこの場を離れることを優先しようと決めた、のに。

「おい、お前ら。この国の上位貴族だろう、止まれ！」

華《はな》やかな装《よそお》いをしていた私とマリアベルの姿は目立ってしまっていたようで、背中越《ご》しにフィランダーの鋭《するど》い声が聞こえてくる。

ここで無視をしては、彼の機嫌を損ねてしまうのが目に見える。

彼も殺人鬼《さつじんき》というわけではないし、本来のグレースのような高圧的な態度を取らなければ命を取ろうとまではしないはず。

エヴァンが常に間に入ってくれていることもあって、私は深呼吸をすると足を止め、怯《おび》えるマリアベルを抱きしめながら振《ふ》り返る。

すると血によく似た二つの真っ赤な瞳《ひとみ》と、視線が絡《から》んだ。

「……へえ？」

フィランダーの形の良い唇《くちびる》が、ぞっとするほど綺麗な弧《こ》を描《えが》く。

登場は多くない敵キャラではあるものの、その美貌《びぼう》を好む一部のファンからは絶大な人気を誇っていたことを思い出す。

「俺好みの女だな。国へ連れ帰ってやろうか」

小説と同じセリフに、心臓が嫌な音を立てていく。小説とは違いエヴァンが側にいてくれていても、恐怖心《きょうふ》が込《こ》み上《あ》げてくる。

ここで間違えれば、腹部を剣で貫《つらぬ》かれる未来だってあるのだから。

とにかくここで間違えてはいけないときつく両手を握《にぎ》りしめ、必死に言葉を選ぶ。

そんな様子を見ていたフィランダーは「ははっ」と楽しげな笑い声を上げた。

「いいな。気の強そうな顔をして怯えてんの、そそるわ」

「……申し訳ありませんが、私はこの国を離れるつもりはありません」

「悪いなあ、俺は欲《ほ》しいと思ったものは手に入れないと気が済まないんだ」

フィランダーははっきりそう言ってのけると、近くにいた部下に私を捕《つか》まえるように命じた。串刺《くしざ》しは避《さ》けられたものの、予想外の展開に動揺を隠せなくなる。

エヴァンは静かに剣を抜くと、首だけこちらを振り返った。

「あいつ、ムカつくんでやっちゃってもいいですか」

「え、ええ。ゼドニーク王国の第三王子だから、正当防衛の形で上手《うま》くやってほしいの」

「お嬢様って本当に物知りですよね。任せてください」

エヴァンはいつもと変わらない笑みを浮かべると、地面を蹴《け》り、こちらへ向かってくる騎士達を切り伏せていく。

対人戦を見るのは初めてだったけれど、改めてエヴァンという騎士がどれほど強いのかを実感していた。素人目《しろうとめ》にも、圧倒的《あっとうてき》な力の差が見て取れる。

フィランダーは大きな黒馬の上で、その様子を楽しげに眺《なが》めていた。

——小説で彼は、ゼイン様と剣を交えることとなる。

結果的にはもちろん主人公であるゼイン様が勝つものの、フィランダーはかなり強い魔《ま》法使《ほうつか》いであり騎士だという描写《びょうしゃ》があった。

目の前の騎士達が全て倒《たお》されれば、次に出てくるのは彼だという確信がある。

「大丈夫ですか？」

「は、はい」

イザークさんも私達を庇うように立ち、心配げな視線をこちらへ向けていた。

エヴァンが負けるはずはないと分かっていても、胸騒《むなさわ》ぎは収まらない。

「……何か、嫌な感じがする」

ざわりと鳥肌《とりはだ》が立ち、無意識にマリアベルを抱き寄せた。ラヴィネン大森林で魔道具《まどうぐ》を壊《こわ》した時と同じ、穢《けが》れ澱《よど》んだ空気が辺りに広がっていくのを感じる。

そしてそれを感じ取ったのは、私だけではなかったらしい。

「チッ、この辺りまで瘴気《しょうき》が湧《わ》いてきやがったか」

「お嬢様、ここから急ぎ離れてください！　瘴気です」

こんな都市部にまで瘴気が溢《あふ》れてきているなんて、間違いなく異常事態だった。

私は急ぎハンカチを出してマリアベルの口元を覆うと、エヴァンの名前を呼んだ。

「俺はこいつらを倒してから行くので、侯爵家の護衛と逃げてください」

「でも、エヴァンが……！」

「俺は割と瘴気に耐性《たいせい》がありますし、防御用《ぼうぎょよう》の魔道具もあるので大丈夫です」

エヴァンを置いていくことに抵抗はあったものの、ここにいても足手まといになって心配をかけるだけだというのも分かっている。

「僕もそれなりに魔法は使えますし、この辺りの土地勘《とちかん》もあります。行きましょう」

イザークさんの言葉にも背中を押された私は、ぐっと唇を噛《か》んで頷いた。

「分かったわ、ありがとう。また後でね」

「はい。ハニワちゃん、お嬢様を頼《たの》む」

「ぱぴ！」

二人のそんなやりとりに少しだけ心が軽くなるのを感じながら、私はイザークさんと顔を見合わせ、マリアベルの手を掴《つか》んで走り出した。

エヴァンなら大丈夫だと、心から信じられる。

「こちらです！」

それからはイザークさんの指示に従い、夢中で走った。

普段《ふだん》こうして走ることなんてないであろうマリアベルは苦しそうで、それでも弱音ひとつ吐《は》かずに必死に足を動かしてくれている。

あちらこちらから瘴気の気配がして、本当に世界が変わってしまっているのを感じた。

「はあっ、はあ……」

人気《ひとけ》のない道を進んでいく中、少しずつ違和感《いわかん》が積み重なっていく。

走れば走るほど、瘴気が濃《こ》くなっていくような感覚がする。はっきりとした根拠《こんきょ》はないけれどこれ以上、彼についていってはいけない気がした。

マリアベルの顔色もどんどん悪くなっているようで、私は少し悩《なや》んだ後、足を止めた。

「あの、待ってください！」

声をかけると、私の少し前を走っていたイザークさんも立ち止まる。

マリアベルも不思議な顔をして「お姉様……？」と私を見上げていた。

「どうかされたんですか？」

「私、やっぱり戻ります。エヴァンが戻ってくるのを待ちたいので」

「あの場にいては危険です、ゼドニークの騎士達の姿をあなたも見たでしょう？」

「……それでも、戻ります」

不安な気持ちはあるけれど、そうするのが良い気がした。そんな私を励《はげ》ますように、肩に乗っていたハニワちゃんも「ぷ！」と笑顔を向けてくれる。

マリアベルも私についていくと言ってくれて、安堵しながらイザークさんに向き直った。

「ここまで一緒にいてくださって、ありがとうございました」

「…………」

お礼を告げた途端、無言になったイザークさんは私の腕を掴んだ。

「イザークさん……？」

痛いくらいに腕を握られ、心臓が嫌な音を立てる。不安げに名前を呼ぶと、イザークさんの顔から笑みが消えた。

同時にぐっと腕に爪《つめ》を立てられ、痛みが走る。

「……こんな時に限って察しが良いとは、どこまでも面倒《めんどう》な人ですね」

腕を引かれ、顔が近づく。イザークさんは呆《あき》れや苛立《いらだ》ちを含《ふく》んだ笑みを浮かべていて、先程《さきほど》までの人の良い雰囲気は一切《いっさい》ない。

まるで別人のような態度に、私の嫌な予感は的中していたのだと悟《さと》る。

「放してください！」

「そういうわけにはいかないんです。あなたにはここで死んでもらうので」

「──え」

次の瞬間には、イザークさんが左手で握ったナイフが私の首元にあてがわれていた。

ぴりっとした痛みが走り、皮膚《ひふ》が切れた感覚がする。

私が状況を理解するよりも早く、これまで姿を隠していた侯爵家の護衛達が私を守ろうと、剣を抜いてイザークさんへと向かっていく。

「貴様、何を——ぐあっ」

「雑魚《ざこ》は黙《だま》っていてくれないか」

けれど私が人質《ひとじち》のような状態で捕《と》らえられているせいで手出しができず、その隙《すき》をついたイザークさんが片手を翳《かざ》し、氷魔法で攻撃《こうげき》を放つ。

その攻撃の威力《いりょく》は凄《すさ》まじく「それなりに魔法を使える」なんてレベルではない。もしかするとエヴァンにも劣《おと》らないほどかもしれないと、直感的に思った。

騎士達は防戦一方で、一人、また一人と倒されていく。

このままでは本当に危険だと思った私は、ドレスの胸元《むなもと》に着けていたブローチを外し、側で震えているマリアベルに握らせた。

「マリアベル、ハニワちゃんと逃げて！」

「で、でも……お姉様が……！」

「私は大丈夫だから！　ハニワちゃん、マリアベルを連れて行って！　お願い！」

「ぴぱ！　ぴぱ！」

そうお願いしても、ハニワちゃんは悲しげな顔で頭を左右に振る。

私を置いて逃げるのは嫌だと言ってくれているのだろう。

——マリアベルは小説の世界では、既《すで》に亡くなっているはずだった。そんな彼女の身には私以上に、何が起こるか分からない。

それにイザークさんの標的が私だという、確信もあった。

だからこそ今すぐにこの場を離れてほしくて、心が痛むのを感じながらハニワちゃんの名前をもう一度強く呼ぶ。

ハニワちゃんは泣きそうな顔をした後、小さく頷いてくれた。

「び！」

その途端、ハニワちゃんが私の視界を覆うほど巨大《きょだい》になっていく。

初めて見る姿に戸惑《とまど》っているうちに、ハニワちゃんは大きな太い手でマリアベルをそっと抱き上げ、来た道を走り出す。

その姿が小さくなっていくのを見つめながら、どうか無事でいてほしいと祈った。

アルがくれた相手の位置が分かる魔道具のブローチも渡《わた》したため、何かあってもゼイン様が見つけてくれるはず。

「他人を気遣《きづか》って逃がしてやるなんて、余裕がありますね」

呆れたように笑うイザークさんはナイフを放し、私を思いきり突き飛ばした。

地面に倒れこみ、背中に強い痛みを感じて呻《うめ》き声が漏《も》れる。同時に、既に護衛達が全員倒されていることに気付く。

イザークさんは私の側にしゃがみ、ひどく冷たい手を首に添《そ》わせた。

ぐっと首を絞《し》められ、息が苦しくなっていく。

それでも呼吸はなんとかできる程度で、もっと力を入れることも、先程の魔法を使えば一瞬《いっしゅん》にして私を殺すことだってできるはず。

けれどそうしないのは、時間をかけて痛めつけてから殺すつもりなのかもしれない。

「ど、して……こんなことを……」

出会った頃からずっと、イザークさんは優《やさ》しかった。

困っていた私を助けてくれて、食堂にも顔を出し、子ども用のおもちゃや本なども寄付してくれていたのだ。

イザークさんはそんな私を見て、嘲笑《あざわら》うように唇の端《はし》を吊《つ》り上げた。

「シャーロット様のためですよ」

はっきりとそう言ってのけたイザークさんに、私は息を呑《の》んだ。

なぜここで、シャーロットの名前が出てくるのか分からない。

「私はシャーロット様にお仕えしているんです。ウィンズレット公爵様とシャーロット様が結ばれるためには、あなたが邪魔なんですよ」

「そん、な……」

イザークさんとシャーロットに関わりがあるなんて、想像すらしていなかった。

そもそもイザークさんは、小説に出てこないのだから。

「物語の主人公は公爵様とシャーロット様なんでしょう？　端役《はやく》のあなたが大人しくしていれば、こんな目に遭うこともなかったのに」

「……っ」

物語、主人公、端役。それらの言葉によって、ようやく全てを理解した。

──シャーロットも私と同じ、転生者だったのだと。

彼女からすれば、小説の悪女から脱線《だっせん》した私はイレギュラーな存在で、同じ転生者だと気付くのも容易だったに違いない。

これまでのシャーロットの行動にも、全て納得《なっとく》がいった。

私に近づいたのも、様子を窺《うかが》い牽制《けんせい》するためだったのだろう。

「あなた自身は嫌いではないので、残念です」

首を絞める手に、ぐっと力が込められる。

じわじわと呼吸がままならなくなり、視界が滲《にじ》む。

ゆっくりと、けれど確実に意識が遠のいていく。

「公爵様のことは、聖女となったシャーロット様が幸せにしてくださいますよ。いずれ、気の迷いだったあなたのことなんて忘れるはずです」

イザークさんはこれまでになく饒舌《じょうぜつ》で、楽しげに私を見下ろしている。

ここで死ぬなんて——ゼイン様が自分以外の誰かと結ばれるなんて、絶対に嫌だった。

グレースという端役の悪女として転生し頭を抱《かか》えたこともあったけれど、いつの間にか私はこの世界に、たくさんの大切なものができていたから。

そんな大事な人達と——ゼイン様とこの先もずっと、一緒に生きていきたい。

「……う、……ぁ……」

必死に抵抗しようとしても、身体《からだ》に力が入らない。

魔法を使うこともままならず、両目からはぽろぽろと涙《なみだ》が伝う。

「さようなら、グレース様」

目の前が真っ暗になり、本当にもう駄目《だめ》かもしれないときつく目を閉じる。

それでも諦《あきら》められなくて、心の中でゼイン様の名前を呼んだ時だった。

「グレース！」

遠くから私の名前を呼ぶ、大好きな彼の声が耳に届く。

次の瞬間、首を絞めていた手が離れ、爆発《ばくはつ》音のような大きな音がした。

「げほっ、……はぁ……はあ……」

何が起きたのか分からないまま、必死に酸素を肺に取り込む。

苦しさと痛みで涙が止まらず、地面に横たわったまま、胸の辺りをきつく摑んだ。

やがて誰かが近づいてきた気配がして、ふわりと身体が浮く。

「グレース！」

「……っ……」

視界はぼやけたままでほとんど見えなかったけれど、ゼイン様が助けに来てくれたのだと理解した途端、余計に涙が溢れた。

震える手でゼイン様の服をそっと摑むと、私を抱きしめる腕に力が込められる。

「……遅くなってすまない」

ゼイン様が謝る必要なんてないと伝えたいのに呼吸が乱れ、上手く言葉を紡《つむ》げない。

必死に首を左右に振ると、ゼイン様は悲痛な表情を浮かべていた。

「あと一歩だったのに、邪魔が入ってしまいましたね」

「──ふざけるな」

瓦礫《がれき》の中から立ち上がり、服についた砂埃《すなぼこり》を軽く払《はら》うイザークさんに対し、ゼイン様は低い声でそう言ってのける。

「少しだけ待っていてくれるだろうか」

こくりと小さく頷くと、ゼイン様は私を抱き抱えたまま移動した。

近くにあったベンチにそっと私を横たえ、優しく頭を撫《な》でてくれる。

「すぐに戻る」

ぐっと唇を噛んで頷くと、ゼイン様は剣を抜き、イザークさんへと向かっていく。

そして次の瞬間には、二人の戦闘が始まっていた。

涙で視界がぼやけていることと、舞《ま》い上がる砂煙《すなけむり》によってはっきりその様子は見えない。

けれど、キン、キンという激しい金属音や、魔法による破裂《はれつ》音や辺りの建物が崩れるような音が絶えず響き渡っている。

音だけで二人が激しい戦いを繰《く》り広《ひろ》げているのだと、容易に想像がつく。

けれどそれも、長くは続かなかった。

「……はっ、やはりあなたと直接戦って勝てるはずがありませんね」

粉塵《ふんじん》が晴れた向こうで、イザークさんは口元の血を拭《ぬぐ》い、自嘲《じちょう》するように笑う。

かなりの実力者であろう彼も、ゼイン様には敵《かな》わないのだろう。

肩を竦《すく》めてみせた後、青白い手のひらを私へと向けた。

「──え」

次の瞬間、こちらへ黒いもやのようなものが放たれ、すぐに私を庇うように目の前へ移動したゼイン様が、光を放つ剣で薙《な》ぎ払う。

それは近くにあった塀《へい》に当たり、どろりと溶《と》かした。

まともに当たっていれば、間違いなく私は即死《そくし》していただろう。

自身の身体を無意識に抱きしめながら再び顔を上げた時にはもう、イザークさんの姿は無かった。

「すまない、逃げられたようだ」

「い、いえ、大丈夫です。助けてくださって、ありが――っ」

ゼイン様がこちらを向き、お礼を伝え終える前に抱きしめられる。

その手は少しだけ震えていて、どれほど心配してくれていたのかが伝わってきた。

「……生きていてくれて、良かった」

そんなゼイン様の様子や大好きな体温に包まれて安堵し、再び涙腺《るいせん》が緩む。けれどもう心配をかけたくなくて、きつく手のひらを握りしめて堪《こら》えた。

私の肩を掴み、少しだけ離れたゼイン様は私の首元へ視線を向ける。

「痛かっただろう」

「いえ、かすり傷なので平気です。これ以外に怪我もありません」

「とにかく急ぎこの街を出て、手当てをしよう。ヘイルはどうした？」

「エヴァンはゼドニークの騎士達と戦っていて、私達を逃がしてくれたんです。マリアベルはハニワちゃんと一緒にこの場を離れてもらいました」

ハニワちゃんが守ってくれているはずだと伝えると、ゼイン様は悲しげに眉《まゆ》を寄せた。

「……なぜ君はいつも他人を優先してしまうんだ。もっと自分のことも大切にしてくれ」

そして私の肩に顔を埋めたゼイン様は「だが、ありがとう」と囁く。その一言から強い安堵が伝わってきて、それだけで私の選択《せんたく》は間違っていなかったのだと思えた。

「行こうか。しっかり摑まっていてほしい」

「はい、分かりました」

やがてゼイン様は私を軽々と抱き上げ、走り出す。

話を聞いたところ、彼の討伐隊は魔物を倒しながら近くまで移動しており、ゼドニークが攻め込んできたという救援要請《きゅうえんようせい》を受けてこの街へ来たそうだ。

「でも、どうしてこの場所が分かったんですか？」

魔道具だって手元にない今、混乱に陥《おちい》った広い街で私を見つけるのは困難なはず。

「こいつのお蔭だ」

そう言ってゼイン様が視線を向けた先――彼の胸ポケットから顔を出したのは、小指ほどのサイズになったハニワちゃんだった。

「えっ、ど、どうしてこんなに小さく……」

主《あるじ》である私ですら初めて見る姿に、驚きを隠せない。

なんと街に到着してすぐ、小さなハニワちゃんがゼイン様の元へ飛んできたという。

「俺の魔力《まりょく》を覚えていて、駆けつけてくれたんだろう」

「だ、だってハニワちゃんは、マリアベルと一緒にいてくれているはずなのに」

「感じられる魔力はとても弱いから、二体に分かれたんじゃないか」

「え、えええ……⁉」

そんなことができるなんて、知らなかった。けれどハニワちゃんがマリアベルを置いていくはずはないし、きっと事実に違いない。

実は先程から疲労感《ひろう》を覚えていたのは、二体同時に動かしていることによる魔力の減少のせいかもしれない。

「マリアベルの場所は分かるか？」

小さなハニワちゃんは喋ることができないのか、こくこくと頷くと短くて小さな手で右方向を指差す。ゼイン様は優しく微笑《ほほえ》んでお礼を言うと、指し示された方へ走っていく。

ゼイン様のブローチも同じ方向を示しており、正しいルートらしい。

そうして街中を抜けていった先で、ゼイン様は不意に足を止めた。

「あれ、お嬢様。公爵様と一緒だったんですね。今向かおうとしていたところでした」

「エ、エヴァン……！　それにマリアベルとハニワちゃんも！」

顔を上げた先には無事だったらしい三人の姿があり、どうしようもなく安心した。

ゼイン様は私を下ろしてくれた後、ほっとした表情でマリアベルの頬に触れる。

マリアベルは目に涙を溜め、ぎゅっとゼイン様に抱きついた。

「お兄様がお姉様を守ってくださったんですね。本当に良かったです……」

「ありがとう。マリアベルも無事で良かったわ」

いつものサイズに戻り、エヴァンの肩の上にいた、あちこち少し欠けているハニワちゃんへ視線を向ける。

するとハニワちゃんは勢いよく私の胸元に飛び込んできてくれた。

「辛《つら》いお願いをしてごめんね、ハニワちゃん。頑張《がんば》ってくれてありがとう」

「ぴ！　ぷぺぷ！」

「ええ、本当に助かったわ」

甘えるようにくっついてくれるハニワちゃんにもう一度お礼を告げた私は、ぐっと両腕を伸《の》ばしているエヴァンも少し苦戦したのか、紺《こん》と金色の騎士服はあちこち汚《よご》れていた。

流石《さすが》のエヴァンの側へ向かう。

「エヴァンも守ってくれて本当にありがとう。フィランダーはどうなったの？」

「あの赤目野郎《やろう》とはしばらくやり合っていたんですが、瘴気が濃くなってきてまずいと思ったのか、引いていきましたよ」

「……そう」

フィランダーほどの人間でも、やはり瘴気は身体に毒なのだろう。

ゼイン様とも合流できた以上、小説通りに私が殺されることはないはず。そう分かっていても彼の表情や声を思い出すと、不安や恐怖が込み上げてくる。

「立ち話はここまでにして脱出《だっしゅつ》した方が良さそうです。瘴気は広がり続けていますから」

「分かったわ」

返事をして改めて街を見回した私は、息を呑んだ。

これまでは自分のことだけで精一杯《せいいっぱい》で周りに目を向けられていなかったけれど、小高い場所にあるここからは、街の様子がよく見える。

「……っ」

街の人々は必死に瘴気や火の手から逃げ惑っていて、ゼドニークの騎士達によって荒《あ》らされたこともあり、美しかった街は変わり果てていた。

「この街はどうなってしまうんですか？」

「これほど瘴気が溢れているとなると、いずれ閉鎖《へいさ》されるだろう」

「そんな……」

瘴気がこれほど湧いてしまった以上、大勢の魔法使いによって結界を張り、街ごと封印《ふういん》する形をとるという。

もちろん全ての住民は、この土地を離れなければならない。

あんなにも賑わっていて綺麗な街で、みんな幸せそうに笑っていたのに。

この一件でその全てが失われてしまうことに、言いようのない喪失感《そうしつ》と恐怖感を覚えた。

何より小説ではシャーロットが舞台《ぶたい》の浄化《じょうか》をするため、そんな描写はなかった。

「お嬢様？」

「…………」

本当にこのまま逃げるだけで良いのかと、躊躇《ためら》ってしまう。

それでも私にできることなんてなく、この場にいてはやはり足手まといになることも分かっていた。

「おとうさあん、おかあさん……うああん……」

少し離れた場所でひとり彷徨《さまよ》いながら泣いている子どもの姿に、胸が締《し》め付《つ》けられる。

思わず駆け寄ろうとした途端、私の行く手を阻《はば》むようにゼイン様が片腕《かたうで》で制した。

「俺はここに残る。すまないが、二人を頼む」

「分かりました」

ゼイン様はエヴァンに声をかけ、エヴァンも表情ひとつ変えずに頷く。

私が何を考えているのか分かったらしいエヴァンは、ハニワちゃんにマリアベルを抱えるように言い、逃《のが》さないと言わんばかりに私を抱えた。

「待ってください、ゼイン様だって瘴気を浴びれば……！」

「すぐに追いつくから、先に行っていてくれ」

いつもみたいに大丈夫だとは言ってくれないことで、余計に不安が込み上げてくる。

けれど誰よりも正義感が強くて優しいゼイン様が、この状況で街を離れられるはずがないことだって理解していた。

「エヴァン、お願いだから放して！」

「それだけはできません」

私の身体にきつく腕を回し、エヴァンは走り出す。ハニワちゃんも再び大きくなると、マリアベルを抱き抱えてその後をついてくる。

それを確認《かくにん》したゼイン様は眉尻《まゆじり》を下げて微笑み、こちらへ背を向けた。

そしてまっすぐに先程の子どもの元へと向かっていく。

「……っ」

何もできない自分が悔《くや》しくてやるせなくて、きつく唇を噛み締めた。

だんだんと小さくなっていくゼイン様の背中に、縋《すが》るように手を伸ばす。無力な端役であることを、これほど呪《のろ》ったことはなかった。

──私だって大好きな人達を、愛する人を守る力がほしい。

そんな叶《かな》わぬ願いを抱くと同時に視界に飛び込んできたのは、この辺り一帯に押し寄せてきている瘴気の波で、血の気が引いていく。

『ねえ、瘴気を浴びたらどうなるかしら』

『量によっては死にますよ。少量なら病にかかるかもしれないくらいですかね』

あんなものをまともに浴びれば、誰もが無事ではいられないのは明白だった。

子どもや辺りにいた人々を庇おうとしているゼイン様だって、例外ではない。

「ゼイン様！　ゼイン様……！」

絶対に愛する彼を失いたくなくて、泣き叫ぶように何度も名前を呼ぶ。

そうしてゼイン様に向かって届くはずのない手を伸ばし続けながら、心の底から「ゼイン様を守りたい」と強く祈った瞬間──私の右手から眩《まばゆ》い金色の光が放たれた。

呆然《ぼうぜん》としながらも、この温かくて美しい光には覚えがあることに気付く。

「……これ、まさか……」

金色の光は輝《かがや》きを増していき、瞬《また》く間《ま》に辺りへと広がる。

視界に入る街は全て光に包まれており、目には見えなくとも、今もなおその範囲《はんい》が広がっていくのが分かった。

エヴァンもマリアベルも息を呑み、私を見つめている。

やがてエヴァンは何かを察したのか立ち止まり、私を地面に降ろしてくれた。

「……グレース……？」

少し先にいるゼイン様も歩みを止め、両目を見開いてこちらを見ている。

私は自然と自分がどうすべきなのかを理解していて、もう一方の手も前へ突き出すと、自身の持つ全ての魔力を出し切るように放つ。

——どうかこの街の瘴気が全て消えますようにと、願いながら。

「……っ」

これまで経験したことのない速さで、身体中の魔力が持っていかれる。

それでも唇を噛み締め、両の足を地面にしっかりとつけて、魔法を使い続けた。

「グレースお姉様……」

「お嬢様って、本当に予想外のことをしでかしてくれますよね」

泣きそうな顔をしたマリアベルと楽しげに笑うエヴァンに、なんとか笑顔を向ける。

肩で汗を拭い、再びまっすぐ前を見据《みす》えた。

「瘴気が、消えていく……」

「嘘だろう？　こんなことがあり得るのか」

「こんなの、どう見たって——……」

辺りにいた人々も私の姿を見て、口々に戸惑いの声を漏らしている。

先程まで押し寄せていた瘴気は見渡す限り消えていて、みんな無事みたいだった。

「……う、……く……」

とはいえ、私自身は既に限界が近づいているらしく、強い目眩《めまい》に襲《おそ》われる。

少しふらついてしまったものの、誰かが後ろから抱きしめるように支えてくれた。

振り返って顔を見ずとも、すぐに誰なのかは分かった。

「……君が聖女だったんだな。母と同じ、優しくて温かな光だ」

懐《なつ》かしむような、愛おしむようなゼイン様の声に、胸の奥が締め付けられる。

ゼイン様の言葉や温《ぬく》もりを胸に、私はまだ頑張れるはずだと前を向く。

最後の最後まで、自分の持てる力の全てを振り絞《しぼ》る。

「……お願い……！」

そして自身の魔力が空っぽになる感覚と同時に、先程まで感じていた瘴気の気配が一切なくなった。

無事に全ての瘴気を浄化できたのだと理解した途端、安堵からどっと全身の力が抜け、立っていられなくなる。

そんな私をゼイン様はきつく抱きしめてくれた。

「……はあっ、……はぁ……っ……」

息も上がり心臓の辺りがひどく痛んで、動悸《どうき》が収まらない。

魔力を使い切ることが危険だというのも、エヴァンに魔法を習った際、最初にしっかり言い聞かせられていた。

けれど後悔《こうかい》なんて、するはずがない。

「……よ、……かった、です……」

良かったという言葉すら上手く紡げなかったけれど、ゼイン様には伝わったらしい。

「……ああ、本当にありがとう」

ゼイン様も泣きそうな顔で微笑んでくれて、つられて笑みが溢れた。

震える手を伸ばし、ゼイン様の頬に触れる。

今度は届いた、なんて思いながら。

――ゼイン様を救うことができて、本当に良かった。

静かに瞳から流れていく涙を、ゼイン様が指先でそっと拭ってくれる。

「聖女様のお蔭で助かったぞ！」

「この街を守ってくださって、ありがとうございます……！」

そんな街の人々の声が聞こえてきてほっとしながらも、端役である私――グレース・センツベリーが「聖女様」と呼ばれていることに、違和感を覚えていた。

そして、今になって気付く。

聖女の力を発現した人物や場所や時期は違っても、小説の通りの展開だということに。

「……グレース？」

だんだんと倦怠感《けんたい》が強くなり、目を開けていられないほど瞼《まぶた》が重くなっていく。

「ごめんなさい、少しだけ、休みます……」

ゼイン様に心配をかけたくなくて、なんとかそれだけ言うと、私は静かに目を閉じた。

「――へえ、やっぱり良いな、あの女。なおさら欲しくなった」

離れた場所からフィランダーがそう呟いていたことを私が知るのは、まだ先になる。

5 愛の力

ベッドの上でグラスに入った水を飲み干した私は、ふうと息を吐《は》いた。

「……人って、こんなにも眠《ねむ》れるものなんですね。まだ頭がぼうっとします」

「本当に身体《からだ》が限界だったんだろう。しばらく大人しくしているべきだ」

ゼイン様は空になったグラスを私の手から取り、近くのテーブルに置く。

――ベイエルの街で意識を失った私はウィンズレット公爵邸《こうしゃくてい》まで運ばれ、それから丸三日も眠り続けていたという。

膨大《ぼうだい》な魔力《まりょく》を使い果たした際、過眠《かみん》といった症状《しょうじょう》は珍《めずら》しくないらしい。

ゼイン様が見守る中、今から三時間前に目が覚めた私は改めて医者に身体に問題がないことを確認《かくにん》してもらい、ゆっくりお風呂《ふろ》に入って食事をとり、今に至る。

問題がないとはいえ、しばらくは無理をせずに身体を休めるようきつく言われていた。

「だが、君にはいつだって驚《おどろ》かされるよ」

隣《となり》に座るゼイン様は困ったように微笑《ほほえ》み、私の髪《かみ》をそっと掬《すく》い取《と》る。

その仕草や表情にどきりとしてしまい、つい目を逸《そ》らす。

「わ、私も本当にびっくりしています」

目が覚めてからも信じられず、実はほんの少しだけ回復していた魔力で、こっそりと魔《ま》法《ほう》を使ってみた。もちろん、ゼイン様には内緒《ないしょ》で。

すると手のひらからは金色の光が出て、現実なのだと思い知らされた。

「まさか私が聖女の力を発現するなんて……信じられません」

ウォーレン様と話す中で新たな気付きはあったものの、私は転生してからずっとヒロインであるシャーロットにしか使えない力だと考えていた。

何より悪女であるグレースなんて、最もかけ離《はな》れた存在だと誰《だれ》もが思うだろう。

「そういえば、あの街はどうなりましたか？」

エヴァンやマリアベル、ハニワちゃんは無事に帰宅していると聞いている。

けれどその先までは、まだ尋《たず》ねていなかった。

「君が全ての瘴気《しょうき》を浄化《じょうか》してくれたお蔭《かげ》で、現在は復興作業にあたっている。このまま問題なく存続できるだろう」

「良かった……ゼドニークの騎士《きし》に襲《おそ》われた人達はどうですか？」

「一部怪我人《けがにん》もいたが、あの光を浴びた者は全員怪我が治ったそうだ」

「えっ」

つい驚いてしまったものの、確かに小説でもシャーロットの力により、グレースを含《ふく》む怪我人は全て治癒魔法《ちゆまほう》で癒《い》やしてもらっていた。

本当に自分がヒロインであるシャーロットの立場になっているのだと実感して、言いようのない違和感《いわかん》や不安が込《こ》み上《あ》げてくる。

「……愛の、力」

ぽつりと呟《つぶや》くと、ゼイン様は不思議そうに私を見つめた。

――ロザリー様が聖女の力に目覚めたきっかけが前公爵《こうしゃく》様を愛したこと、そして彼を救いたいと強く願ったことだと、ウォーレンさんは言っていた。

私が目覚めたきっかけもゼイン様を愛し、彼を救いたいと願ったことだった。

――もしかすると『ウィンズレット公爵家の血族と愛し合う相手』に聖女の力は発現するのかもしれない。

それを小説では「愛の力」と呼んでいたのだろう。

やはりシャーロットが特別なのではなく、主人公であるゼイン様が特別な存在だったのだと今はっきりと確信していた。

「本当に、良かったです……」

そこまで思い至った私の両目からは、はらはらと涙《なみだ》がこぼれ落《お》ちていく。

無事にゼイン様や街の人々を助けられたことには安堵《あんど》したものの、小説の通りならまだ瘴気は溢《あふ》れ続け、問題は尽《つ》きないはず。

けれどそんな危機を解決できる力、大切な人達を守れる力を得られたことが、何よりも嬉《うれ》しくて安心していた。

「……っ」

ずっと、ずっと不安だった。

私が端役《はやく》の悪女として上手《うま》くできなかったから——主人公であるゼイン様を望んでしまったから、未来が変わってしまったのではないかと思っていた。

そのせいで多くの人々が、大切な人々が傷付く未来が恐《おそ》ろしくて、常に心のどこかで恐怖感《きょうふ》や罪悪感を抱《いだ》いていたのも事実で。

様々な感情が溢れて、涙が止まらなくなる。

これからも私はゼイン様の隣にいていいのだと思うと、どうしようもなく嬉しかった。

「……本当に、だいすき、です……」

「ありがとう。俺も君が好きだよ、何よりも」

ゼイン様はそんな私を抱《だ》きしめてくれて、何度も何度も好きだと伝えてくれる。

そして私は大好きな彼の腕《うで》の中で、しばらく泣き続けたのだった。

それから一時間ほどして落ち着いた私は、そっとゼイン様から離れた。

今になって大泣きしたことが恥《は》ずかしくて、目元が腫《は》れて悲惨《ひさん》なことになっているであろう顔を隠《かく》すように俯《うつむ》く。

「すみません、最近の私は泣いてばかりですね」

「いや、俺の前ではありのままの君でいてくれ」

「……はい、ありがとうございます」

どこまでも優《やさ》しいゼイン様に小さく笑《え》みがこぼれるのを感じながら、大泣きしたせいで痛む目元に手をかざし、治るよう念じてみる。

するとと温かな光が手のひらから溢れ、痛みが引いていく。

「私、本当に聖女なんですね」

「ああ。間違《まちが》いなくな」

未《いま》だに戸惑《とまど》う私を見て、ゼイン様はくすりと笑う。

「街で大勢の人間に目撃《もくげき》されたことで、国中どころか大陸中に君のことが広まっている」

「そ、そうなんですか……⁉」

聖女というのはとにかく特別で、どの国も喉《のど》から手が出るほど欲《ほっ》する存在らしい。

私に対して嫌味《いやみ》な態度をとっていた陛下もあっさりと手のひらを返し「以前からゼインともども目をかけていた」「回復次第《しだい》会いたい」なんて言っているんだとか。

瘴気により魔物《まもの》が増えていることや魔鉱水《まこうすい》の減少も民《たみ》には既《すで》に広まっていたらしく、その不安も聖女の出現により払拭《ふっしょく》されているという。

「でも、大丈夫《だいじょうぶ》なんですか？　これだけ評判の悪い私が聖女なんて、イメージが……」

　聖女というのは国の宝であり、平和の象徴《しょうちょう》だと聞いている。

　それが男好きの強欲《ごうよく》悪女だなんてイメージは最悪だろうし、聖女の力が使えたとしても、民達から認められる気がしない。

　けれどゼイン様は「ああ」となんてことないように頷《うなず》き、続けた。

「どうやら巷《ちまた》では、君はずっと悪魔《あくま》に乗っ取られていたことになっているらしい」

「あ、悪魔に……⁉」

　訳の分からない展開に耳を疑いつつ、話を聞いてみる。

　するとなんと『グレースは悪魔に取り憑《つ》かれ悪行を繰《く》り返《かえ》していたが、聖女の力が目覚めて祓《はら》うことができた』ということになっているそうだ。

　つまり本来のグレース・センツベリーは純粋無垢《じゅんすいむく》な少女だったのに、悪魔によって本来の性格が捻《ね》じ曲《ま》げられてしまったという、無理のある噂《うわさ》が広まっているらしい。

「そ、そんな突拍子《とっぴょうし》もない話が信じられているんですか……？」

「ああ。それほどに『聖女』という存在は民達にとって信頼《しんらい》すべきものなんだろう」

　きっとそれはロザリー様をはじめ過去の聖女達が素晴《すば》らしい方だったからこそで、彼女達に恥じない存在にならなければと背筋が伸《の》びる思いがした。

「それに、君の周りの人物も噂を肯定《こうてい》しているから尚更《なおさら》だ」

「誰がそんなことを……」

「君の父から始まり、関わりのある令嬢《れいじょう》達やランハート・ガードナーまで」

「ああ……」

お父様は娘《むすめ》が大好きで激甘《げきあま》だから納得《なっとく》だし、令嬢達というのはダナ様やシャーロットのお茶会で関わった人々かもしれない。

そしてランハートに関しては間違いなく信じていないだろうけど、面白《おもしろ》がりつつ、そういうことにした方が私にとって都合が良《い》いと判断して後押《あとお》ししてくれたのだろう。

ランハートらしいと思わず笑みがこぼれた私を見て、ゼイン様は形の良い眉《まゆ》を寄せた。

「本当にガードナーと仲が良いんだな。君は彼の話をする時、とても優しい表情をすることに気付いていないだろう」

「そ、そうですかね……とても仲の良い友人です」

友人を強調したものの、ゼイン様は拗《す》ねたような表情を浮《う》かべたまま。

いつだって落ち着いていて余裕《よゆう》のある彼がこんな顔をするのは私の前だけだと思うと、嬉しいと感じてしまう。

「これから君がさらに人気者になると思うと、妬《や》けるな」

「ゼイン様には敵《かな》いませんよ」

強くて誠実で優しくて、誰よりも格好いい彼は主人公そのものだった。

——元々、これまでのグレースの悪い噂を払拭するために努力するつもりでいた。

けれどそんなゼイン様のパートナーとして、そして聖女として。これからはより頑張《がんば》らなければと、改めて気合を入れたのだった。


翌日、すっかり元気になった私は公爵邸の広間にて、ゼイン様とエヴァンと三人で大理石のテーブルを囲んでいた。

つい先程《さきほど》まではマリアベルも一緒《いっしょ》にお茶をしていたけれど、ここからは少し物騒《ぶっそう》な話になるため、少しの間席を外してもらっている。

「みんな無事で良かったですね。お嬢様《じょうさま》はかなりの有名人になってしまいましたけど」

いつもの調子でエヴァンはそう言って、優雅《ゆうが》な手つきでティーカップに口をつけた。

私が公爵邸に滞在《たいざい》しているのも周知の事実らしく、屋敷《やしき》の前には記者や一目でも聖女を見たいという人々が押しかけているんだとか。

なんだか大事になってしまって、ゼイン様やマリアベルに迷惑《めいわく》をかけまいと「侯爵邸《こうしゃくてい》に帰る」と伝えたけれど、笑顔《えがお》のゼイン様に却下《きゃっか》されて今に至る。

「今後、グレースの力を悪用しようという輩《やから》も出てくるはずだ。より身辺の警護には力を入れるべきだろう」

「そうですね。今回、俺がお嬢様のお側《そば》を離れた後、他の護衛は全く役に立たなかったようですし、もう少し腕の立つ人間を増やしても良いかもしれません」

エヴァンの強さはもちろん信頼しているものの、相手の人数によっては今回のように一人では手が回らない状況《じょうきょう》もあるはず。

今の護衛達よりもさらに腕の立つ人を雇《やと》えないか、お父様に相談してみようと決める。

「捜索《そうさく》を続けているが、イザークという男は未だに見つかっていないそうだ。そもそも、あの男はなぜ君を殺そうとした？　親しげにしていたのに」

イザークさんが時折、食堂へ来ていたことも知っていたらしい。エヴァンは「やっぱりあいつ、胡散臭《うさんくさ》いと思っていたんですよね」と肩《かた》を竦《すく》めている。

あんなにも良くしてくれたり、身を挺《てい》して守ってくれたりしたのは全て、私を油断させるためだったのだろう。

今後はエヴァンの勘《かん》を信じようと、心に決めた。

「イザークさんは、シャーロット・クライヴ様のためだと言っていました」

「どういうことだ？」

「……彼女の望みを叶《かな》えるために、私が邪魔《じゃま》だからだと」

それ以上のこと――シャーロットがゼイン様と結ばれるためだとゼイン様に話すのは、

どうしても躊躇《ためら》われた。

私がゼイン様と結ばれ、聖女の力を得たことで、ヒロインであるシャーロットはどうなるのかということも気がかりだった。

イザークさんの話を聞いた限り、彼女は私と同じ転生者だろう。その上でシャーロットはゼイン様を好いていて、彼と結ばれることを望んでいる。

——そんなシャーロットの立場や力を奪《うば》うような形になったことに対し、私はずっと心の中で罪悪感を抱いていた。

だからこそ、ゼイン様に対して告げ口するようなことに、強い抵抗《ていこう》を覚えたのだ。

私の躊躇う気持ちを察したのか、ゼイン様はそれ以上尋ねてくることはなかった。

「でも、殺そうと思えばもっと簡単に殺せたはずなのに……」

ゼイン様が助けに来てくれるまでの間、イザークさんには何度も私を殺すチャンスがあったはずだし、一瞬《いっしゅん》で殺してしまうことだってできたに違《ちが》いない。

彼の中にはまだ人を殺すことに対して、抵抗や罪悪感があったのだろう。

「とにかく一度、シャーロット様と話をしたいと思っています」

イザークさんが「シャーロットのため」と言ってとった行動が、彼女の命令によるものなのか、彼女のあずかり知らぬところで行われたものなのかも知りたい。

ゼイン様は少しの間、私を黄金の瞳《ひとみ》で見つめていたけれど、やがて静かに口を開いた。

「君がそう言う以上、必要なことなんだろう。彼女をしっかり見張り、安全が保障された場であればいいだろう。もちろん俺も側にいるから」

「あ、ありがとうございます……！」

ゼイン様が側にいてくれるのなら、それ以上に心強いことはない。まずはシャーロットに「会って話がしたい」と手紙を書いてみようと思う。

「それと、ゼドニークの第三王子も君に目を付けたんだろう？　悪逆《あくぎゃく》非道だという噂は我が国にまで届いていて、国家間でも危険人物とされている一人だ」

その一方で人心掌握《しょうあく》に長《た》けており、魔力の強さなどから次期国王になる可能性が最も高いと言われているそうだ。

そもそもフィランダーは、小説では攻《せ》め込んできた際にゼイン様と戦って敗れ、全身に傷を負って再起できない身体になる。

そのため、以降はもう出てこないキャラだった。

だからこそ今後の彼がどんな行動を起こすのか、予想がつかないのも怖《こわ》かった。

少しずつ、けれど確実に、小説の本来の展開からずれていっているのを感じる。

「そうですね。あの男はお嬢様が好みだから国へ連れ帰るとか、気の強そうな顔をして怯《おび》えているのがそそるとか言っていましたから」

「……へえ？」

私の代わりに、それも必要以上に丁寧《ていねい》にエヴァンが伝えてくれたことで、ゼイン様の顔から表情が消える。

ものすごく怒《おこ》っているらしく、部屋の温度が一気に数度下がった気がした。

「今すぐにでも殺してやりたいが、しばらくは大人しくなるはずだ」

今回の件はフィランダーの独断によるもので、現国王も我が国に対して謝罪をし、フィランダーを罰《ばっ》すること、また多額の補償《ほしょう》金を約束したそうだ。

「ゼドニークでも、瘴気や魔鉱水については問題になっている。聖女であるグレースの力を借りたいと思っている以上、低姿勢でいるしかないんだろう」

「……そう、なんですね」

瘴気で苦しむゼドニークの罪のない民達を救いたいという気持ちはあるけれど、フィランダーに会うのはやはりまだ怖かった。

いくら国王陛下が罰《ばつ》を与《あた》えると言っても、彼を完全に抑《おさ》えつけられるとは思えない。

フィランダーには何をするか分からないという、得体の知れない恐怖感がある。

「君が無理をする必要はないし、全てゆっくりでいい」

「はい、ありがとうございます」

そもそもまだシーウェル王国内の問題だって解決していない以上、他国への支援《しえん》はまだまだ先になるだろう。

「それとつい先程、俺と君宛《あ》てに陛下から建国記念パーティーの招待状が届いた。もちろん君の気持ちを優先するし、誰にも文句は言わせない」

私を思ってはっきりと断言してくれたゼイン様の気遣《きづか》いに、感謝してもしきれない。

けれど体調にもう問題はないし、陛下と会うことや公《おおやけ》の場に出ることだって、いずれ避《さ》けられないと分かっていた。

「ありがとうございます、ゼイン様さえよければ参加しようと思います」

何より大きな社交の場であれば、シャーロットが来るかもしれない。

私の返事に対してゼイン様は「分かった」と微笑んでくれて、二週間後に二人で参加することとなった。

それまでにすべきことはたくさんあると、軽く両頰《りょうほお》を叩《たた》く。

「では、俺はそろそろ失礼します。公爵様の分まで魔物を討伐《とうばつ》して回るのに忙《いそが》しいので」

「ゼイン様の代わり？」

「はい」

なんとエヴァンはウィンズレット公爵邸に私がいる間、護衛としての仕事がないため、ゼイン様に雇われるという形で魔物の討伐を行っていたそうだ。

確かに日頃《ひごろ》からかなり多忙《たぼう》なはずのゼイン様が、ずっと私の側にいてくれる。

申し訳なさはあるものの、そのお蔭で安心して身体を休められているのも事実で、感謝してもしきれない。

それにしても、お金にさほど興味のないエヴァンが引き受けたのは意外だった。

「俺が欲《ほ》しいものを公爵様がくださることになっているので」

「エヴァンの欲しいもの？」

「はい、内緒ですが」

口元に人差し指をあてにっこり微笑んでみせたエヴァンとはいつも一緒にいるけれど、私は彼のことを実はほとんど知らない。

けれど私自身も周りに隠している秘密はあるし、無理に尋ねるつもりはなかった。

エヴァンを玄関《げんかん》ホールまで見送った後は、ゼイン様に手を引かれ自室へと向かう。

「まずは来週の建国記念パーティーですね。それまでにできる限りのことはします」

「そう気負う必要はないよ」

聖女としての振《ふ》る舞《ま》いなどもそうだし、いざという時のために力の扱《あつか》い方もしっかりと学んでおきたい。

これから先、聖女の力が必要な場面は数多くあるはず。

「実はウォーレンさんに聖魔法の扱いを教えてもらえたらと思っているんです。聖魔法と光魔法が似ているのなら、きっと可能でしょうし」

「絶対にだめだ」

きっぱりと即答《そくとう》したゼイン様は、忌々《いまいま》しいと言わんばかりに眉を寄せている。

「どうしてですか？　ロザリー様に教えていただいたと聞いていますし」

「ウォーレンから、君を気に入ったという腹立たしい手紙が来ていたからだ」

大人であるウォーレンさんには私なんて子どもに見えていただろうし、ゼイン様をからかうつもりだとしか思えない。

「それに俺はあいつが嫌《きら》いなんだ」

ゼイン様がこうして他人に対し、分かりやすく嫌悪《けんお》感を表すのも珍しい。

それほど幼い頃《ころ》、ウォーレン様から受けた仕打ちを根に持っているのだろう。

「君は元々魔法を使えているし、感覚を摑《つか》むまで早いはずだ。そもそもウォーレン程度にできることなら、俺にもできるから問題ない」

言葉の端々《はしばし》からも、ウォーレン様への強い敵意を感じる。

有無《うむ》を言わせない圧を感じ、とにかく聖魔法さえ使いこなせるようになればいい私は、分かりましたと頷くほかなかった。

そして迎《むか》えた、建国記念パーティー当日。

しっかりと身支度《みじたく》をした私はゼイン様にエスコートされ、王城へと向かっていた。

「本当に落ち着かないんですが……」

「よく似合っているから大丈夫だ。俺が保証する」

私は今、ゼイン様が用意してくださった真っ白なドレスを身に纏《まと》っている。

過去に着ていた悪女らしさ満載《まんさい》の真っ赤なド派手ドレスなどとは対照的すぎる清楚《せいそ》なデザインに慣れず、そわそわしてしまっていた。

なんでも聖女は公的な場では純白の服を着るのが暗黙《あんもく》の了解《りょうかい》らしく、今日は王城での催《もよお》しである以上、必須《ひっす》なんだとか。

化粧《けしょう》はいつも以上にナチュラルなものだし、髪はゆるく後ろでひとつにまとめていて、真珠《しんじゅ》の飾《かざ》りをちりばめている。

悪女時代のグレースを知る人が見れば、全くの別人に見えるに違いない。

「それにとても緊張《きんちょう》していて……結局、聖女らしさについてはよく分からないままです」

「いつも通りの君でいいよ、民達に愛される聖女像そのものだから。俺が常に君の側にいるから、何も心配しなくていい」

「ありがとうございます」

今日まで私は聖女について学び直し、聖魔法の扱いについても練習してきた。

それ以外の時間はゼイン様と二人で過ごしたり、公爵邸へ様子を見にきてくれたヤナやエヴァンと会ったり。

二人が連れてきてくれたハニワちゃんを交え、マリアベルとゼイン様と四人でお茶をしたりと、穏《おだ》やかな時間を過ごしている。

──そんな中、シャーロットに「会って話がしたい」と送った手紙の返事はないまま。

アルがクライヴ男爵邸《だんしゃくてい》へ行って様子を窺《うかが》ってくれたところ、シャーロットはこの二週間、一歩も外に出ず、屋敷に籠《こ》もっているそうだ。

お茶会で他の令嬢との会話を聞いた限り、彼女はよく外出しているようだったのに。

イザークさんのことも私への殺人未遂《みすい》の犯人として調べてもらっているけれど、そもそも彼の戸籍《こせき》自体が存在しないという。

なんだか不気味で、より恐ろしくなる。

それでも心強いゼイン様のお蔭で安堵した私は、窓の外に見える王城へ視線を向けた。

王城へ到着《とうちゃく》し、ゼイン様と馬車を降りた直後から、これまでに感じたことがないほどの視線が集まるのを感じた。

これまでもグレースは目立つ存在ではあったけれど、比べ物にならない。

そしてその視線は好奇《こうき》の目や疑いの目と様々で、やはり元のグレース・センツベリーをよく知る貴族達からすると、私が聖女になったなんて信じられないのだろう。

「やっぱり、まだ信じていない人も多そうですね。当然でしょうけど」

「だが、すぐに認めざるを得なくなるだろう」

ゼイン様はふっと笑い、私の手を引いて歩いていく。

入場した後も常に刺《さ》さるような視線を感じたものの、みんな遠巻きに見ているだけで声をかけてくることはない。

そもそもグレースは同性からは嫌われているか怯えられているかで、異性に関しても言い寄るのは下心があるような人だけだった。

「やあ、聖女様。今日はまた一段と綺麗《きれい》だね」

「ランハート！」

そんな中、楽しげな笑みと共に声をかけてきたのはランハートだった。

今日も華《はな》やかな服と派手なアクセサリーを身に着けた彼は、ギラギラしていて眩《まぶ》しい。

重い空気を感じていた分、心を許せる知人に会えたことで嬉しくなる。

思わず彼の名前を呼んだ途端《とたん》、ゼイン様の腕がしっかりと腰《こし》に回された。

「あはは、公爵様も相変わらずですね」

「君こそ」

二人は一応笑顔ではあるものの、その目は全く笑っていなくて冷《ひ》や汗《あせ》が出てくる。

私は空気を変えようと、慌《あわ》てて口を開いた。

「私がその、悪魔に取り憑かれていたって話、広めてくれたんでしょう？」

「ああ、そんなこともあったな。俺はただ『俺が知るグレースは元々心の綺麗な良い子だったよ』って話しただけで、色々尾鰭《おひれ》が付いたんだろうね」

「そうだったのね。ありがとう」

そんな風に言ってくれたと知り、つられて笑みがこぼれた。

社交界でも人気者の彼の影響《えいきょう》力は底知れないし、間違いなくプラスになったはず。

「それに、もう逃《に》げなくても良くなったんだ？」

「ええ」

まっすぐにアメジストの瞳を見つめながら頷くと、ランハートは「そっか」と言い、嬉しそうに微笑んだ。心から喜んでくれているのが分かって、胸が温かくなる。

彼には何度も助けられてきたし、感謝の気持ちでいっぱいだ。

「もしもあなたが困った時には、どんなことでも必ず力になるから」

手を取ってそう告げると、ランハートは目を瞬《まただ》いた後、柔《やわ》らかく細めた。

「ありがとう。聖女になったグレースがそう言ってくれると、とても心強いよ。それに君だけでなく公爵様のお力も借りられそうだし」

「ああ」

きっとこの場の空気を明るくしようと、ランハートは軽い冗談《じょうだん》のつもりでゼイン様についても触《ふ》れたのだと思う。

それでもゼイン様は、真剣《しんけん》な表情で頷いた。

その様子からは本当にランハートの身に何かあった際、彼も力を貸すつもりだという意思が伝わってくる。

ランハートも一瞬戸惑った顔をしたものの、やがてふっと笑い、感謝の言葉を紡《つむ》いだ。

その後、彼はなぜか私の耳元に口を寄せた。

「――さっき、シャーロット嬢《じょう》を見かけたよ」

思わず口からは「え」という声が漏《も》れる。

手紙の返事はなく、この二週間ずっと屋敷から出ていなかったというシャーロットがこの会場に来ているなんて、想像すらしていなかったからだ。

「頑張って。お幸せにね」

ランハートはひらひらと手を振り、去っていく。誰よりも優しい彼にどうか幸せになってほしいと思いながら、その背中を見送る。

私は隣に立つゼイン様を見上げると、今しがた聞いたことを伝えた。

「とにかく君は絶対に俺の側から離れないように」

「分かりました」

ひとまずシャーロットの姿を捜《さが》そうとするのと同時に、陛下の入場を知らされた。

「今宵《こよい》は我がシーウェル王国の建国を祝って――……」

王妃《おうひ》様と共に笑顔で現れた陛下は、中央の階段の上で挨拶《あいさつ》を行う。

その途中《とちゅう》で一度口を閉ざし、何かを捜すようにホールの中を見回していく。

やがてその視線は私へと向けられ、ぴたりと留まった。

「そして我が国には、素晴らしい聖女が現れた！　実にめでたいことだ」

陛下は「なあ、グレースよ」と言い、会場中の視線が私へと向けられる。

覚悟《かくご》はしていたものの、こんな形で注目を浴びることになるとは思っていなかった。

周りの全てから強い圧が感じられ、緊張で金縛《かなしば》りに遭《あ》ったみたいに身体が強張《こわば》る。

けれどゼイン様が私の背中に手を添《そ》え「大丈夫だ」と優しい声で言ってくれたお蔭で、
私はしっかりと顔を上げることができた。

「ありがとうございます、光栄の至りです」

「ははっ、そうか。ぜひその力を皆《みな》にも見せてはくれないか」

陛下は皆に「も」と、さも自分は既によく知ったように言ってのける。

私が陛下と顔を合わせるのは、あの舞踏会《ぶとう》以来だというのに。

それでも断れるはずもなく、私が「はい」と返事をすると、陛下は自身の口元の白い髭《ひげ》に触れながら満足げに笑った。

「入れ」

そんな陛下の声を受け、会場の扉《とびら》が開く。すると両脇《りょうわき》を抱《かか》えられ、苦しむ一人の男性がホールへ入ってきて、会場は一気にどよめきだす。

男性の右足は膝《ひざ》まで騎士服がたくし上げられており、ひどく黒ずんでいる。

一目見た瞬間《しゅんかん》、それが瘴気によるものだと分かった。

「この者はつい先日、瘴気を浴びてしまったそうだ。ベイエルの街ごと浄化してのけたグレースであれば、これくらいは簡単だろう」

陛下は大勢の前で、男性を治してみせろと言いたいのだろう。

「……っ」

男性の息は浅くとても辛《つら》そうで、胸が締《し》め付《つ》けられる。

私は招待状が届いてすぐに参加の返事をしていたし、陛下だって知っていたはず。

間違いなくもっと早く、男性を治療《ちりょう》することも可能だった。

けれど陛下は、この「見せ物」のためだけにそうしなかったのだろう。

ふつふつと怒《いか》りが込み上げてくるのを感じながらも、必死に堪《こら》える。隣に立つゼイン様も静かに怒《おこ》っているのが分かった。

男性の側へと移動し、その前に跪《ひざまず》き、黒ずんだ足にそっと触れる。

「もう大丈夫ですからね」

笑顔を向け、どうか治りますようにと祈《いの》りながら、手のひらから魔力を流していく。

この二週間ずっと練習していたことで、聖魔法もかなり扱えるようになっていた。

『魔力切れで魔物の巣穴に落ちて死ぬかと思いました、ははっ』

『もう！　お願いだから本当に気を付けて！』

魔物の討伐から帰宅した、全身傷だらけで血まみれのエヴァンの治療もしたし、これくらいのものであれば問題なく浄化できるはず。

「……これで、無事に浄化されたと思います」

やがて男性の足は元《もと》の色に戻り、汗が浮かんでいた青白い顔色も良くなっている。

男性だけでなく、彼を支えていた同僚《どうりょう》らしき騎士達も驚いた表情を浮かべていた。

「あ、ありがとうございます……！　小さな子どももいるのに、もう騎士として、やっていけないと思っていて……」

時折、言葉を詰《つ》まらせながら話す男性の目には涙が滲《にじ》んでおり、こうして治すことができて良かったと心から思った。

「まあ、完全に浄化されたわ……！」

「本当にグレース様が聖女だったとは」

会場が騒然《そうぜん》となり、まばらに拍手《はくしゅ》なんかも聞こえてくる。

陛下のやり方は許せそうにないけれど、噂好きな貴族が大勢集まる場で認められれば、この先もう能力を疑われることもないだろう。

「おお、グレースよ！　見事なものだったぞ。これからも我がシーウェル王国のために、その力を振るっておくれ」

満足げに拍手をする陛下に、同意を込めたカーテシーをする。

私は元々陛下を良く思っていないし、信用もしていない。けれど今後、効率良く浄化をして回るには国の指示のもとで行動をした方がいいはず。

「さあ、今宵はシーウェル王国の建国と新たな聖女の誕生を祝い、大いに楽しんでくれ」

陛下の声に対し、グラスを手にした貴族達は「シーウェル王国万歳《ばんざい》！」と声を上げた。

なんとか無事にやりきったと安堵した私に、ゼイン様は優しい笑みを向けてくれる。

「よく頑張ったな」

「ゼイン様が側にいてくれたお蔭です、ありがとうございます。私、ゼイン様がいてくださるとなんでもできる気がしてしまうんです」

「……あまりかわいいことを言わないでくれないか」

頬《ほお》に触れられたかと思うと、反対側の頬に唇《くちびる》が軽く押し当てられた。

突然《とつぜん》のことに心底動揺《どうよう》しながら頬を覆《おお》うと、ゼイン様は楽しげに笑う。

未だに私達を見ていた人々も多く、周りからは「まあ」「お熱いのね」なんて声が聞こえてきて、余計に顔が熱くなっていくのが分かった。

「君が俺のものだと、もっと周りに見せつけておかないと」

「……う」

いただいたブレスレットだって、ちゃんと身に着けているのに。

結局、ゼイン様のことが大好きな私は嬉しいと思ってしまい、何も言えなくなる。

かなり我慢《がまん》して頬にしたそうで、これ以上があったのかもしれないと思うと、色々な意味で心拍数《しんぱくすう》が上がっていくのを感じた。

「お前、いつから人前でいちゃつくような性格になったんだ？」

呆《あき》れを含んだ声がして振り返ると、ゼイン様のご友人であるボリス様の姿があった。

彼の背後には見覚えのある金髪碧眼《きんぱつへきがん》の男性がいて、それが誰なのか思い当たった瞬間、私はぱっと頭を下げた。

「堅苦《かたくる》しい態度はやめてほしい。ゼインなんてこの態度だぞ」

邪魔されたことに対し、不服そうな態度を隠そうとしないゼイン様を明るく笑ったのは、この国の王太子であるサミュエル殿下《でんか》だった。

いずれ王位を継《つ》ぐ彼の名前は、小説では何度か出てくる程度だったけれど、賢王《けんおう》として歴史に残るほどの方だったはず。

輝《かがや》くような美貌《びぼう》も相まって、民からは既に慕《した》われている。

決して口に出せないけれど、現国王陛下が早く退位することを祈らずにはいられない。

「グレース嬢、先程は父がすまなかった。気を悪くしただろう」

「い、いえ！　問題ありません」

穏やかな口調で申し訳なさそうな顔をする殿下に、両手を振って慌てて否定する。

「ありがとう。私はゼインとは学生時代から仲が良くてね、今後ともよろしく頼《たの》む」

「はい、こちらこそ」

ゼイン様も仲が良いというのを否定せず、三人の間には気安い空気が感じられた。

「こんな時に悪いが、例の件で少し話がしたい」

殿下はさっと辺りを見回した後、私達にしか聞こえない声量で囁《ささや》く。

例の件というのが何なのか分からないものの、ゼイン様の表情が変わったことから、重要な話に違いない。

私が聞いていい話ではないだろうと、この場を離れようとする。

けれどゼイン様はこちらへ視線を向けた後、再び殿下に向き直った。

「申し訳ありませんが、俺は――」

「ゼイン様、私は大丈夫です。ちょうどあちらにプリシラ様のお姿を見つけたので、少しお話をしてまいります」

「だが、何かあっては困るだろう」

「これだけ大勢の人がいますし、エヴァンや護衛の方々もいるので平気ですよ」

私のことを気遣い、断ろうとしたゼイン様の背中を押す。

会場内には陛下にも許可をいただいた上で、招待客に紛《ふん》した護衛がいる。実はエヴァンも雰囲気《ふんいき》を変えて側にいてくれているはずだから、問題はないだろう。

「……分かった。なるべくすぐに戻る」

「はい、お待ちしていますね」

「グレース嬢、すまない。なるべく早くゼインを返すよ」

よほど大事な案件らしく殿下は眉尻《まゆじり》を下げ、二人を連れて別室へと移動した。

三人を見送った後、私はプリシラ様の元へ向かう。

「あれは……」

そんな中、テラスから外へ出て行く人影《ひとかげ》が視界の端《はし》に見えた。

長く美しい茶色の髪と整いすぎた横顔から、すぐにシャーロットだと気が付く。

もう帰るつもりなのか、厚手の上着を着ている。この機会を逃《のが》せばもう彼女と話せなくなる気がして、私は急ぎその姿を追いかけた。

後ろからエヴァンがついてきてくれているのを確認しながら、外へと出る。

灯《あか》りに照らされた静かで美しい庭園を駆《か》けていくと、やがてシャーロットの姿が見えた。

「シャーロット様！」

立ち止まってほしくて必死に声を張り上げると、ぴたりと彼女は足を止める。

ゆっくりと振り返り、エメラルドに似た瞳と視線が絡《から》んだ。

「……っ」

これまで見たことがないほど冷え切った眼差《まなざ》しに、心臓が跳《は》ねる。

彼女の表情や視線からは強い怒りが感じられ、ぞくりと鳥肌《とりはだ》が立った。

「グレース様、どうされたんですか？　私に何の用でしょう？」

口角はわずかに上がっているけれど、目は全く笑っていない。

声だって記憶《きおく》にある愛らしいものではなく、低くて淡々《たんたん》としたものだった。

「どうしてもシャーロット様とお話がしたくて」

「今更《いまさら》何を話すおつもりで？　ああ、自慢《じまん》話でもしにきたんですか？」

自嘲《じちょう》するようにそう言ってのけたシャーロットは、こちらへ向かってくる。

私はその場から動けず、彼女を見つめ返すことしかできない。

「悪女キャラのくせに、私からゼイン様も聖女の力も奪ってさぞ気分が良いでしょうね」

「そんなこと……！」

「じゃあ何？　私のことを嘲笑《あざわら》いにでも来たわけ？　その顔でいつまでも良い子ぶって、

本当に気持ちが悪いわ」

　私の知るヒロインのシャーロットとは態度も口調も雰囲気もまるで別人で、彼女もまた転生者なのだと思い知らされる。

　シャーロットは私の目の前で足を止め、温度のない瞳で私を見つめた。

「それで？　何が言いたいの？」

「私を殺すよう、イザークさんに言ったのはあなたなの……？」

「は？」

　私の問いに対して、シャーロットは大きな目をさらに見開く。

　まるで初めて聞いたという反応で、こちらまで動揺してしまう。

　彼女を見る限り、演技をしているようには見えない。

「……それ、イザークが言ったの？」

「え、ええ。あなたとゼイン様が結ばれるためには私が邪魔だから、殺すって」

「嘘《うそ》よ、絶対に嘘！　イザークがそんなことを言うはずがないもの！」

　突然シャーロットは大声を出し、私の両腕《りょううで》を掴んだ。

　先程までの余裕はもうどこにもなく、爪《つめ》を立てて腕をきつく掴む手に込められた強い力からも、それが感じられる。

　エヴァンや護衛達には私が「助けて」と言うまで出てこないよう、伝えてあった。

「今度は私からイザークまで奪うつもりなの？　そんなこと、絶対に許さないから！」

「違います！　嘘なんてついていません！」

必死に否定しても、シャーロットが信じてくれる様子はない。

彼女とイザークさんの関係について、私は何も知らない。

けれどシャーロットは、彼を心から信用しているようだった。

「返してよ！　全部、私のものだったのに！　ずっとゼイン様が好きだったのに……！」

「……っ」

「大好きな小説の世界のヒロインになって、ゼイン様と幸せになれると思ったのに！　今度こそ私のことを一番に愛してくれる人ができるんだって、信じてたのに！」

ぽろぽろと大粒《おおつぶ》の涙を流すシャーロットの言葉全てが突《つ》き刺さって、どうしようもなく苦しくなった。

シャーロットのことやシャーロットの背景だって、私は知らない。

それでも彼女にとって、ゼイン様は大切で大好きな人で、彼との未来を強く望んでいるのだと知り、胸が張《は》り裂《さ》けそうになる。

本来のハッピーエンド——シャーロットがいずれ摑むと信じていた幸せを奪ってしまったことに対して、やはり罪悪感を覚えずにはいられなかった。

「……誰か、私のこと……ひっく……一番に愛してよぉ……」

子どものように泣きじゃくるシャーロットを前に、何も言えなくなってしまう。

──私はグレースとして転生してすぐ「前世でできなかった夢を叶えたい」と思った。

もしかするとシャーロットも同じような望みを抱いていて、彼女にとってそれが「ゼイン様に愛されること」だったのかもしれない。

私だって小説の通りになるだろうと信じてこれまで行動してきたからこそ、シャーロットがそう思うのも理解できる。

今の私が何を言ったところで、彼女にとっては言い訳にしかならない気がした。

それでも。

「……私も気付くのが遅《おそ》くなってしまったけれど、ここが小説の世界で、彼らが小説に出てくるキャラクターだったとしても、みんな自分の意思を持った人間で確かに生きてる」

何もかもが小説の通りに起こるわけではないことも、誰もが小説の通りに考え、行動するわけではないということも、今は知っている。

「だからこそ、誰を愛するのか選ぶのはゼイン様自身だわ」

シャーロットを見つめてそう告げると、彼女の瞳が揺《ゆ》れた。

その反応から、彼女だって本当はそれを心のどこかで分かっていたものの、認めたくなかったのかもしれないと思った。

私もずっと、小説の展開通りに起こりうる未来に怯え続けていた。

けれどゼイン様のまっすぐな愛情に触れたことで、彼を信じ、不安を抱きながらも違う未来を摑むため、もがいていく決意ができたのだから。

「………」

シャーロットはしばらく俯いたまま、何も言わなかった。

私が言いたいことは全て伝えたし、イザークさんが私を殺そうとしたのはシャーロットの命令によるものではないということも、察していた。

それが分かった以上、今はもう彼女と話すことはない。

イザークさんといることが彼女にとってプラスだとは思えないけれど、先程の様子を見るに私がそこまで口を出すべきではない気がした。

「突然引き止めてしまってごめんなさい。話を聞いてくれてありがとう」

表情が見えないシャーロットにそう告げて、私は彼女に背を向けた。

まだ心は重くなるばかりで、この先も気持ちが完全に晴れることはないだろう。

それでもこうしてシャーロットと向き合い、彼女の気持ちを聞くことができて良かった。

そうして早足に、会場へと戻ろうとした時だった。

「……うるさい、うるさいうるさいうるさい！」

背中越《ご》しにシャーロットの叫《さけ》び声《ごえ》が聞こえてきて、びくりと肩が跳ねる。

振り返った先にいた彼女は俯き「うるさい」「こんなのおかしい」と繰り返していて、私の憧《あこが》れたヒロインはもうどこにもいなかった。

明らかに普通《ふつう》ではない状態に声をかけることも躊躇われ、胸の前で両手を握《にぎ》りしめる。

「――グレースなんて、いなくなればいいのに」

やがてシャーロットが低い声でそう呟いた途端、彼女の身体から、ぶわっと黒いもやのようなものが溢れた。

瘴気に似た嫌《いや》な感覚がして、本能的に危険だと悟《さと》る。

黒いもやは瞬《また》く間《ま》に辺りに広がり、こちらへ向かってくる。

「お嬢様！」

すぐに駆けつけてくれたエヴァンは私を抱えて地面を蹴《け》り、後ろに飛《と》び退《の》く。すんでのところで黒いもやを避《よ》け、シャーロットから離れた場所にすとんと着地したエヴァンは「ふう」と息を吐いた。

「もっと早く呼んでください。勝手に出てきちゃいました」

「ごめんなさい、助かったわ」

まさかシャーロットがこんな行動に出るとは思わず、反応が遅《おく》れてしまった。

「あれ、まともに食らっていたら死んでいましたよ」

「……っ」

今もなお広がっていく黒いもやを見つめながら、エヴァンははっきりと言ってのけた。

その直前にシャーロットが発した「いなくなればいいのに」という、強い怒りがこもった言葉を思い出し、ぞくりと鳥肌が立つ。

間違いなく今のは、私を殺す気だった。

「闇魔法《やみまほう》ですよ、あれ。黒いのは全て魔力です。俺も実際に見るのは初めてですが」

「そんな……」

「しかも完全に呑《の》まれかけちゃってますね」

シャーロットが闇魔法使いだなんて、信じられなかった。

――闇魔法は聖魔法や光魔法と対《つい》をなし、貴重でありながらも忌避《きひ》される属性だ。

なぜなら闇魔法は生まれつきでなく後天的に得るもので、魔法使いの心が穢《けが》れた結果、元々あった属性が変化すると言われているからだ。

そして感情が昂《たかぶ》ると闇魔法に呑まれ、自我《じが》を失ってしまう。

小説『運命の騎士と聖なる乙女《おとめ》』の三巻でも闇魔法に呑まれた敵が暴走し、街ひとつを壊滅《かいめつ》させるストーリーがあった。

それほど強力で危険な属性の攻撃《こうげき》を受けていることよりも、シャーロットが闇魔法を発現するほど追い込まれていたことに、胸が痛んだ。

「いやー、困りました。俺、女性には手をあげない主義なんです。そもそもあれだけ身体を覆っていると、近づくこともできませんね」

私を抱き抱えたまま、エヴァンはシャーロットの攻撃を避けていく。

確かに過去、悪女のグレースにどんなに罵《ののし》られても虐《しいた》げられても、護衛としての仕事を全うしたエヴァンが女性に攻撃するイメージは、全く思《おも》い描《えが》けない。

それでいて、シャーロットを覆う黒い魔力は濃《こ》くなっていくばかりだった。

「ど、どうすれば……」

「お嬢様、あの黒いのどうにかなりませんか？　あれさえなければどうにかなるかと」

そう言われて、はっとする。

瘴気に似た感覚がある以上、聖女の力で浄化できるかもしれない。

「分かった、やってみる」

左手でエヴァンの肩を掴みながら、右手を襲いかかってくる黒い魔力へと向ける。

まずは確認のため狭《せま》い範囲《はんい》に浄化魔法を放つと、霧《きり》が晴れるように消えていった。

「良かった、効いたわ！　ベイエルの時みたいに辺り一帯を浄化すればいいのよね」

「それはそうなんですが、あの人に当たると溶《と》けるかもしれません」

「とける？」

「はい、どろっと」

「……嘘でしょう」

魔力というのは人体と密接に関わっており、私達の体内を循環《じゅんかん》しているらしい。魔法使いの身体の一部といっても過言ではない。

闇の魔力を浄化すれば、シャーロットの肉体にも影響が出る可能性があるという。

「つ、つまりシャーロットを避けながら、彼女の周りにある黒い魔力だけを浄化する必要があるってこと……？」

「そうなりますね。頑張ってください」

思いきり他人事《ひとごと》のように、エヴァンは爽《さわ》やかな笑顔で親指を立てた。

その上、エヴァンに抱えられたまま四方からの攻撃を避けながらとなると、難易度が高すぎて嫌な汗が背中を伝う。

浄化魔法を扱う練習はしてきたけれど、こんな高度なことは想定していなかった。

「グレース！」

そんな中、名前を呼ばれて振り返ると、こちらへ駆けてくるゼイン様の姿があった。

ゼイン様の背後にはサミュエル殿下やボリス様だけでなく、騒《さわ》ぎを聞きつけたらしい招待客達の姿もある。

シャーロットの闇魔法に気付いた令嬢達は悲鳴を上げていて、それほど忌《い》み嫌われている魔法なのだと改めて実感する。

ゼイン様は私達の側へやってくると「大丈夫か」と声をかけてくれた。

「何があった？」

「シャーロット様が、闇魔法を使って攻撃を……浄化魔法が効くようなので、なんとか彼女の周りの魔力だけを浄化できたらと思っていたんです」

「そうか」

ゼイン様は「分かった」と言うと、冷たい眼差しをシャーロットへと向けた。

視界にゼイン様を捉《とら》えているはずなのに、彼女の表情に変化はない。

彼女の深緑の目にもう光はなく、どこか虚《うつ》ろだった。エヴァンの言っていた通り闇魔法に呑まれかけていて、自我が失われているのかもしれない。

「君はヘイルと共に浄化を続けてくれ、俺が彼女を取り押さえる」

「分かりました」

私が頷くと、ゼイン様は「ありがとう」と小さく微笑んでくれる。

ゼイン様の身を守るためにも、必ずやり切らなければ。

「公爵《こうしゃく》様、これを使ってください」

エヴァンがゼイン様に向かって投げたのは、銀色のブレスレットだった。

魔力を抑える魔道具《まどうぐ》らしく、犯罪者などに使われるそうだ。シャーロットにこれさえ着けることができれば、暴走も収まるはずだという。

「何かあった時のために持ってきていて良かったです」

「ああ、助かる」

ゼイン様はブレスレットを左手に握りしめると、シャーロットへ向かって走り出した。

まずはシャーロットに近づくため、ゼイン様の進む先の黒い魔力を浄化していく。

エヴァンは驚くほど的確に、私が浄化をしやすい場所へ移動してくれる。

やがてシャーロットの半径一メートルほどまで近づくことができた、けれど。

「……っ」

それよりも先に近づくのはなかなか上手くいかず、苦戦してしまう。シャーロットの青白い肌《はだ》に当たってしまうことを思うと、怖くて仕方なかった。

私の集中力だって魔力だっていつまでも持たないだろうし、少しのミスでゼイン様も危険な目に遭《あ》わせてしまうことになる。

「グレース」

そんな中、ゼイン様が私の名前を呼んだ。

「大丈夫だ。君ならできる」

離れた場所にいるのに、ゼイン様の声ははっきりと心まで届く。

今もなお彼を呑み込もうとする黒い魔力を避けながら、ゼイン様は続けた。

「それに俺は君の失敗くらい、いくらだってカバーできる」

だから何も恐れることはない、何かあったとしても全て俺のせいだと言ってくれたゼイン様に、私は泣きたくなるくらい胸を打たれていた。

大好きなゼイン様にここまで言われて、怖気付《おじけづ》いてなんかいられるはずがない。

「エヴァン、お願い」

「お任せください。ただ、公爵様と同時に近づけるのはほんの一瞬です」

「分かったわ」

エヴァンにも私の気持ちが伝わったのだろう。

彼は両足に風を纏い、思いきり地面を蹴った。地面は抉《えぐ》れ、目を開けているのもやっとなほどの速さで、エヴァンはシャーロットへ近づく。

「……ここだわ！」

必死に食らいつき、ゼイン様の向かうべき先──シャーロットの腕をしっかりと捉えた私はその周りに浄化魔法を放った。

絶対に誰も傷付けないと、針に糸を通すように意識を集中させる。

黒い魔力を浄化する光が一際《ひときわ》強く輝き、真昼のような明るさが辺りを包む。

「──よくやった、ありがとう」

そしてゼイン様がそう囁いた瞬間、カシャンという音が耳に届く。

エヴァンは背後に飛び退き、とんと軽く地面に着地する。

さっと黒い魔力と聖女の光が晴れていき、やがて視線の先には地面にシャーロットを押し付けるゼイン様の姿があった。

シャーロットの手には、銀色のブレスレットがしっかりと嵌《は》められている。

辺り一帯に広がっていた黒い魔力も、完全に消え去っていた。

「……ゼイン、さま……？」

先程まで仄暗《ほのぐら》かったシャーロットの瞳には、輝きが戻っている。

闇の魔力が抑えられたことで彼女自身の意識が戻り、今しがたの記憶もないのか、この状況に対して困惑《こんわく》しているようだった。

「私……なんで……」

「すぐに憲兵が来るはずだ、大人しくしていろ」

ゼイン様はそう告げてシャーロットから手を離し、身体を起こす。

けれどゼイン様の腕を、青白い手が掴んだ。

「何の真似《まね》だ」

「ねえ、ゼイン様、嫌です、嫌だ！　私を好きになってくれるはずでしょう？　私を一番に愛してくれて、永遠に一緒にいるって、約束してくれるはずじゃない！」

シャーロットは涙ながらに、ゼイン様に必死に訴《うった》えかける。

小説のヒロインとしての立場に縋《すが》り、何も知らないゼイン様に対して主人公としての役割を押し付ける姿には、苦しくなるほどの痛ましさを感じた。

ゼイン様は無表情のまま、シャーロットの手を振り払《はら》う。

「俺が君を好きになることはない。俺が愛しているのはグレースだけだ」

それだけ言い、ゼイン様は彼女の元を離れた。

はらはらと、シャーロットの両目からは大粒の涙がこぼれていく。

「……う、うああ……ああ……っ」

シャーロットは子どものように泣き、彼女の声だけが夜の庭園に響《ひび》き渡《わた》る。

――シャーロットは方法を間違え、罪を犯《おか》してしまった。

それが許されることではないと分かっていても、やるせない気持ちになって心を刺すような痛みを感じる。

この感情はやはり、罪悪感に似ていた。

私は駆けつけた憲兵に連れて行かれる彼女の姿を、最後まで見つめていた。

【幕間】

クライヴ男爵《だんしゃく》領内の森の奥にある、小さな屋敷《やしき》。

元々は狩猟《しゅりょう》の際に使っていたというこの場所に、シャーロット様と俺は暮らしていた。

「シャーロット様、少し散歩をしませんか。少しは陽の光を浴びた方が良《い》いですから」

椅子《いす》に座る彼女の前に跪《ひざまず》き、小さくて滑《なめ》らかな手を取って尋《たず》ねる。

シャーロット様は小さく首を左右に振《ふ》ると、長い睫毛《まつげ》を伏《ふ》せた。

快活で明るかった、以前の彼女の姿はもうどこにもない。

――グレース・センツベリーへの殺人未遂《みすい》で生涯《しょうがい》にわたる禁固刑《きんこけい》を言い渡《わた》された彼女は、一生をこの場所で過ごすことを選んだ。

犯罪者となった彼女は両親や友人達からも見捨てられ、誰《だれ》も会いにくることはない。

グレースが聖女となって持《も》て囃《はや》されている今、グレースの不興を買ってまで、全てを失ったシャーロット様に近づこうとする人間などいないのだろう。

そもそも現在の彼女は、俺以外の他人に会うのを心底嫌《いや》がった。

「では、ここでお茶にしましょうか。あなたの好きな茶葉を用意したので」

「……うん」

朝昼晩と俺が食事を用意し、全ての身支度《みじたく》も家事も俺がこなしている。シャーロット様は人形のように俺に世話をされ、俺の側《そば》でぼんやりと過ごす日々を送っていた。

まるで世界には二人きりだと錯覚《さっかく》してしまうほど、静かで穏《おだ》やかな時間だった。

「シャーロット様がお好きだった本の続きも届いていたので、後でお持ちします」

「……私、イザークがいないと駄目《だめ》になっちゃいそうね」

「僕が一生お側にいますから、問題ありませんよ」

「本当に？　本当にずっと私の側にいてくれる？」

「はい、この命をかけて誓《ちか》います」

シャーロット様の美しいエメラルドの瞳《ひとみ》を見つめ、はっきりと答える。

すると彼女は大きな瞳に涙《なみだ》を溜《た》め、俺に抱《だ》きつくと背中に両腕《りょううで》を回した。

「……ありがとう。こんな私と一緒《いっしょ》にいてくれるのはイザークだけよ。みんな私の側からいなくなっちゃったもの」

感動するような様子を見て、口角が吊《つ》り上《あ》がりそうになるのを堪《こら》える。

こんな顔を彼女に見られては全てが水の泡《あわ》だと、シャーロット様の頭に手を添《そ》え、自身の胸元《むなもと》に押し付けた。

きっと今のシャーロット様は、俺をこの世界の誰よりも信頼《しんらい》しているのだろう。

——この状況《じょうきょう》に彼女を追い込んだのは、他の誰でもない俺だというのに。

全ては邪魔者《じゃま》を排除《はいじょ》し、シャーロット様と二人だけで生きていくためだった。

だからこそ俺は今日まで、従順な下僕《げぼく》のフリをしながら彼女を裏切り続けてきた。

グレースを最後まで殺さず、シャーロット様のためだと余計な情報をあえて漏《も》らし、闇魔法に目覚める薬を飲ませ、彼女が暴走を起こすよう仕向けた。

その結果、俺の望んだ結末となり、彼女は罪人として扱《あつか》われ閉じ込められ、ゼイン・ウィンズレットとの未来も絶たれ、完全に孤立《こりつ》してくれた。

そうとも知らず、俺の腕《うで》の中で安心した顔をする愚《おろ》かな彼女が、愛《いと》おしくて仕方ない。

「どうしてイザークは、こんなにも私に良くしてくれるの？」

甘えるように俺の肩《かた》に頭を預けたシャーロット様は、そんなことを尋ねてくる。

「シャーロット様が僕や家族を救ってくださったからです」

「……救ったと言っても、大したことはしていないじゃない」

過去に借金で一家心中まで追い込まれた際、俺の容姿を一目見て気に入った彼女は借金を全て返済してくれた上、俺を執事《しつじ》として雇《やと》ってくれた。

だが彼女の言う通り、これは建前だ。本当は家族のことなど、どうだって良かった。

野垂れ死のうが自らの手で死のうが、何の興味もない。

――彼らは俺がこの世界に転生してから、たった数ヶ月間、家族として過ごしただけの赤の他人なのだから。

俺自身、前世も今世もずっと、いつ死んだっていいと思っていた。

特に今世は訳の分からない世界に突然《とつぜん》やってきて、スラムのような場所で貧しい生活を強《し》いられていたのだから、尚更《なおさら》だ。

『実は私、違《ちが》う世界から来たの。転生？　って言うのかしら』

そんな中、図《はか》らずとも俺を救ってくれたのが前世で長年恋《こ》い焦《こ》がれ、遠目で見ているだけだった彼女だと気付いた時には、歓喜《かんき》で胸が震《ふる》えた。

生まれて初めて、存在すら信じていなかった神に心から感謝をした。

『おはよう、――くん。いつも綺麗《きれい》なお花を飾《かざ》ってくれてありがとう。お花を見る度《たび》に私、すごく気持ちが明るくなるの』

彼女は常にクラスの中心にいながら、地味な俺にもいつも気さくに声をかけ、愛らしい笑顔《えがお》を向けてくれた。

彼女はひどく眩《まぶ》しくて遠くて、俺にとって太陽のような存在だった。

そんな彼女と再び異世界で出会えるなんて、まさに運命だろう。

『イザークは本当に良い子ね、大好きよ』

『ずっと私の側にいてね？』

この世界では誰よりも彼女の側にいられる上に、いつも彼女を取り囲んでいた性根《しょうね》が腐《くさ》った女達も、彼女の見かけしか見ていないクソみたいな男達だっていない。

彼女の好みの顔になれたことも、どうしようもなく嬉《うれ》しかった。

『ヒロインの私はいずれ、ゼイン様と愛し合って結婚《けっこん》するのよ。そして一生、大好きなゼイン様に愛されて幸せに暮らすハッピーエンドを迎《むか》えるの！』

だが、シャーロット様が言うにはここは小説の世界で彼女はヒロインであり、いずれ主人公であるゼイン・ウィンズレットと結ばれるらしい。

彼女にとっての運命の相手は、俺ではなかったのだ。

だがそんなこと、許せるはずがない。

だからこそ俺は彼女を裏切り、罠《わな》に嵌《は》め、俺の元まで堕《お》ちてくるのを待っていた。

こんなにも上手《うま》くいくとは思わず、これでもう彼女は本当に俺だけのものだと思うと、腹の底から笑いが込《こ》み上げてくる。

「……イザーク？」

愛おしい彼女の絹のような髪《かみ》に触《ふ》れ、唇《くちびる》を落とす。

シャーロット様が俺を異性として意識していないことだって、分かっている。

これから先、時間をかけてゆっくりと彼女からの愛情を得るつもりだった。

この小さな屋敷の中で、一生二人きりで過ごしていくのだから。

何より俺は、誰よりも彼女が心から望んでいるものを与《あた》えられる自信があった。

「少し街中に買い物に行ってきます。夕食の食材が足りないので」

「だめ！　行かないで、ちゃんと私の側にいて！」

立ち上がるフリをすれば、シャーロット様はすぐに俺の腕を摑《つか》んだ。

必死に俺に縋《すが》る姿に、どうしようもなく胸が高鳴る。

彼女が求めているのはゼイン・ウィンズレットではなく俺なのだと思うと、これ以上ない満足感が込み上げてくるのが分かった。

「……わ、我《わ》が儘《まま》を言って、ごめんなさい」

そんな感情に浸《ひた》っていた俺が黙《だま》り込んでいることに対して不安を覚えたのか、シャーロット様は弱々しく謝罪の言葉を紡《つむ》いだ。

「なぜあなたが謝るのですか？」

「だって私はもう、イザークに何もしてあげられないのに……」

そうこぼすシャーロット様にはまだ、俺の愛情が伝わりきっていなかったらしい。俺は金なんて必要なく、ただ彼女の太陽のような笑顔を俺だけに向けてくれれば良かった。

青白い陶器《とうき》のような頰《ほお》に触れ、微笑《ほほえ》む。

「シャーロット様のお側にいられることが、僕にとって最大の幸福ですから」

嘘《うそ》まみれの俺でも、この気持ちだけは本当だった。

するとシャーロット様はなぜか、驚《おどろ》いたように目を見開く。

そしてなぜか今にも泣き出しそうな顔をして、ぐっと唇を噛《か》み締《し》めた。

彼女がなぜそんな顔をするのか、俺には分からない。

そんなシャーロット様は俺の頬に両手を添え、至近距離《きょり》で見つめ合う。

彼女は薄《うす》い桃色《ももいろ》の唇を開いては閉じるのを、何度も繰《く》り返《かえ》した。まるで言葉にすることに対して怯《おび》え、躊躇《ためら》っているようだった。


「……ねえ、私のこと好き？」


少しの間の後、彼女が口にしたのはそんな問いで。こちらの心の中を必死に見透《みす》かそうとするような、縋るような眼差《まなざ》しを向けられる。

そんな心配をしなくとも、俺がシャーロット様へ向ける愛情は本物だというのに。

──彼女は前世では家族も恋人《こいびと》も友人も、誰もが彼女を一番には愛してくれなかったと話していた。みんな嘘《うそ》つきで大嫌《だいきら》いだと、涙を流しながら。

それ故《ゆえ》にこの世界で運命の相手であるゼイン・ウィンズレットの最愛となり、幸せなハッピーエンドを迎えることができるのが嬉しいのだと、いつも楽しげに話していた。

そんな話を笑顔を貼《は》り付《つ》けて聞きながら、いつしか気付いた。

シャーロット様が好きなのは、求めているのは、ゼイン・ウィンズレットではなく「永遠に自分を一番に愛してくれる人間」なのだと。

それなら、俺でいい。俺がいい。俺こそが彼女に相応《ふさわ》しい。

だからこそ、この胸にある想《おも》いの全てが伝わるよう祈《いの》りながら、いつも彼女が好きだと言っていた穏やかな笑《え》みを浮《う》かべた。

「――はい。僕はシャーロット様を何よりも誰よりも一番、愛しています」

すると彼女は愛らしい顔に安堵《あんど》の色を浮かべ、幼子のように微笑む。

その姿を見つめながら、これが俺と彼女にとってのハッピーエンドだと確信していた。

6 結び、紡いでいく未来

建国記念パーティーから、二週間が経《た》った。

貴族の裁判は時間をかけて行われるものだけれど、誕生したばかりの聖女が殺されかけたというのは、民《たみ》や諸外国へ悪印象を与《あた》えると陛下や国の人間は考えたのだろう。

早急《さっきゅう》にシャーロットは裁判にかけられ、生涯《しょうがい》にわたる領地での禁固刑《きんこけい》が言《い》い渡《わた》された。

本来ならもっと重い刑罰《けいばつ》が妥当《だとう》ではあるものの、彼女の場合は魔力《まりょく》暴走――感情が昂《たかぶ》り意思とは反して魔力をコントロールできない状態になっていたことと、私が重い刑は望まないという嘆願書《たんがんしょ》を提出した結果だった。

「……これで本当に良かったのかしら」

イザークさんについては「何も知らない」と、一切《いっさい》語ろうとしなかったそうだ。

彼の足取りは依然《いぜん》摑《つか》めないままで、引き続きゼイン様や騎士《きし》団が調査にあたってくれることになっている。

「シャーロットの望みって、何だったんでしょうね」

「ぷぴ？」

誰《だれ》に向けたわけでもない問いに、ハニワちゃんは不思議そうに首を傾《かし》げる。

報告によると、現在シャーロットは男爵《だんしゃく》領の小さな屋敷《やしき》で静かに過ごしているという。

『今度こそ私のことを一番に愛してくれる人ができるんだって、信じてたのに！』

あの日、彼女はそう言っていたことを思い出す。

——最初、シャーロットはゼイン様を好いているからこそ、彼に愛されることを望んでいるのだと思っていた。

けれど、今は違《ちが》う。

彼女は『自分を一番に愛してくれる人』を求めていたのかもしれない。

未《いま》だにシャーロットのことを思うと心は晴れないものの、どうかそんな相手が現れて、彼女が穏《おだ》やかに暮らせるのを祈《いの》るばかりだった。

「お嬢様《じょうさま》、そろそろお時間ですよ」

「ええ、分かったわ。おいで、ハニワちゃん」

「ぷぴ！」

ヤナに声をかけられ、ハニワちゃんを抱《だ》いて立ち上がる。

自室を出る際に姿見の前を通ると、真新しい純白の聖女服に身を包む自分と目が合った。

今日のために国から用意されたもので、シンプルながら綺麗《きれい》なシルエットと白地によく映《は》える金色の刺繍《ししゅう》は、清廉《せいれん》さを感じさせる。

当初は肩《かた》が出るデザインだったものの、ゼイン様の猛抗議《もうこうぎ》により変更《へんこう》がなされた。

「ハニワちゃんはエヴァンと一緒《いっしょ》に良い子にしていてね」

「ぴ！」

廊下《ろうか》を歩きながら、少し後ろを歩くエヴァンにハニワちゃんを預ける。

ハニワちゃんの能力についてはまだ分からないことが多いものの、今ではかわいいだけでなくとても頼《たよ》りがいがある使《つか》い魔《ま》として、常に行動を共にしていた。

「……パレードのことを思うと、緊張《きんちょう》してお腹《なか》が痛いんだけど……」

そう、今日は神殿《しんでん》にて聖女として正式に認められる認定《にんてい》式の後、シーウェル国民へのお披露目《ひろめ》としてパレードが行われる。

パレードなんて修学旅行で行ったテーマパークでしか見たことがないし、その中心であり主役が自分だというのは違和感《いわかん》しかない。

王都の中心を馬車で走る中、沿道には数万人の民衆が集まると聞いている。それほど大勢の人が私を一目見るために集まるなんて、人生で一番緊張するのも当然だろう。

「大丈夫《だいじょうぶ》ですよ、ウィンズレット公爵《こうしゃく》様と俺も一緒ですし」

「それが本当に救いだわ。よろしくね」

私の警護という建前で、隣《となり》にはゼイン様が同乗することになっている。

エヴァンは私達の乗る馬車の御者《ぎょしゃ》として、側《そば》にいてくれることになっていた。

「それに食堂のことも広まっていて、民のお嬢様への評価は上がり続けていますから」

実はこの二週間の間に一度だけこっそり食堂の様子を見に行った際、記者に尾行《びこう》されていたらしく、色々と調べられた結果、新聞に取り上げられてしまったのだ。

まるで芸能人のパパラッチだと思いつつ、自分の現在の立場を改めて実感した。

「イメージアップのためにしたわけじゃないのに……」

新聞には『正体を隠《かく》した聖女が平民や貧しい子どものための食堂を開いていた』と食堂のシステムや評判まで、それはもうご丁寧《ていねい》に書かれていた。

結果、自身への評価や利益のためでなく貧しい子どものために行動する、まさに聖女らしい心優《やさ》しい女性、という美談が広まっているそうだ。

本当に恥《は》ずかしいのでやめてほしい。

「……でも、そのお蔭《かげ》で色々と良《い》い方向に変化があって、良かったのかもしれないわ」

食堂は今では常に大行列ができるほどで、訪《おとず》れる子どもの数も増えたと聞いている。

その上、この仕組みが世の中に知れ渡って評価されたことにより、同じような店を各地に作るという話が上がっていた。

夢物語のように思っていた目標が、現実味を帯びていく。

誰もが私に許可を得ようとするけれどそんな必要はない、いくらでも真似《まね》をして少しでも多くの子どもが美味《おい》しいご飯を食べられる店を作ってほしい、と伝えてもらっている。

「グレース」

屋敷の外に出ると門の前に停《と》まる馬車の前には、ゼイン様の姿があった。

今日の彼は私に合わせて白と金を基調とした正装を身に纏《まと》っていて、陽の光を受けて輝《かがや》く銀髪《ぎんぱつ》は片側だけ耳にかけられ、前髪《まえがみ》は軽く上げられている。

嫉妬《しっと》してしまうほどの色気が漏《も》れており、普段《ふだん》より美しい両の金の目がよく見えて、改めて暴力的な美貌《びぼう》に圧倒《あっとう》されて目眩《めまい》すらした。

冷たさを感じるほどの美しさでありながら、私を見つけた瞬間《しゅんかん》、嬉《うれ》しそうに柔《やわ》らかく微笑《ほほえ》む姿のギャップに、どうしようもなく胸が高鳴ってしまう。

「今日は本当にありがとうございます。よろしくお願いします」

「ああ。今日も君は本当に綺麗だな、誰にもその姿を見せたくないくらい」

「ど、どうも……ゼイン様こそ素敵《すてき》すぎて心臓に悪いです」

神殿へ向かう馬車の中は二人きりで、いつも通り隣《となり》り合《あ》って腰《こし》を下ろした。

ゼイン様は絶えず私を褒《ほ》めてくれるものだから、落ち着かない。

そっと逃《に》げるように離《はな》れても、余計に距離《きょり》を詰《つ》められるだけだった。

「あの、心臓に悪いのであまりお顔を近づけないでください」

そうお願いすると、ゼイン様は私の首筋に触《ふ》れ、なぜかさらに顔を近づけてきた。

蜂蜜《はちみつ》色の瞳《ひとみ》に捉《とら》えられ、目を逸《そ》らせなくなる。

「君が俺のことで余裕《よゆう》を無くして、戸惑《とまど》う顔が好きなんだ」

楽しげに笑うゼイン様は「本当にかわいい」なんて言うとより近づいてきて、私の手の甲《こう》や首筋、頬《ほお》に軽く唇《くちびる》を押し当てていく。

ドキドキしてしまうのはもちろん、普段はこんな風にキスをされることがないから、くすぐったくて落ち着かない。

いつもは唇なのに今日はそれ以外の箇所《かしょ》ばかりなのも、上手《うま》く言葉にできない、もやもやとした気持ちを膨《ふく》らませていく。

「ど、どうして……」

手首に口付けられ、思わずそんな問いが溢《あふ》れる。

ゼイン様は手首から唇を離し「ああ」と呟《つぶや》くと、顔を上げた。

「君の口紅が落ちては困るから」

主語もない問いだったけれど、私が気になっていたことを察し、答えてくれる。

神殿に到着《とうちゃく》した後は化粧《けしょう》を直す時間もないこと、これから大勢の前に出ることを気にしてのことだったらしい。

行動の意味を理解した私を見て、ゼイン様はふっと口元を緩《ゆる》めた。

「唇にしてほしかった？」

「……っ」

即座《そくざ》に否定したいのに、心のどこかでそう思っているのも事実で、何も言えなくなる。

ゼイン様は誰よりも私に優しいくせに、意地悪で。そんなところさえ好きだと思えてしまう私はきっともう、末期なのだろう。

「そんな顔をされると、我慢《がまん》が利《き》かなくなりそうだ」

自分が今どんな顔をしているのかは分からないまま、ゼイン様に顎《あご》を捕《と》らえられる。

何の抵抗《ていこう》もしない私に、ゼイン様が満足げに微笑んだ時だった。

「すみませーん、もう着いたので続きは後ほどお願いします」

馬車の窓をノックする普段通りのエヴァンに声をかけられ、我に返って飛《と》び退《の》く。

動揺《どうよう》と羞恥《しゅうち》でいっぱいになる私をよそに、ゼイン様は「残念、また後で」なんて言い、馬車から降りて私に手を差し出す。

「……もう」

少しだけ頬を膨らませて彼の手を取りながらも、認定式やパレードへの緊張が薄《うす》れていくのを感じていた。

ゼイン様に迫《せま》られる時以上に、ドキドキすることはないと実感させられたお蔭だ。

改めて深呼吸をひとつして、軽く頬を叩《たた》く。

「よし、頑張《がんば》らなきゃ」

これから先はもう、絶対に失敗できない。

しっかりと「聖女」としての務《つと》めを果たそうと心に決めて、私は神殿へと歩き出した。


全ての行程をやり切った私はゼイン様と共に、ウィンズレット公爵邸《こうしゃくてい》へやってきた。

完璧《かんぺき》にこなせたことに安堵《あんど》するのと同時に、どっと疲労《ひろう》感が押し寄せてくる。

「……っ、疲《つか》れた……」

ゼイン様と別れ、いつも私が使わせていただいている客間へ案内された後、ソファにぽふりと座り、背もたれに体重を預ける。

すると座り方が悪かったらしく、ずるずると身体《からだ》が傾《かたむ》いていく。結果、ソファの上に横たわるような体勢になってしまった。

貴族令嬢《れいじょう》にあるまじき、とんでもなくだらしない姿だとは分かっていても、思った以上に疲れていて、すぐに起き上がる気にはなれない。

神殿では私の一挙手一投足が注目され、呼吸をするのすら気を遣《つか》ったくらいだった。

今この瞬間だけは貴族令嬢だとか聖女だとか、そういうもの全てを忘れて休みたい、なんて思いながら目を閉じる。

「………………」

それから、数分ほどが経っただろうか。

ゆっくり目を開けると、私を見下ろすゼイン様の姿があって、固まってしまう。

こんなあられもない姿を見られたのが恥ずかしくて、急いで身体を起こそうとする。

けれど私の肩をぐっと押したゼイン様によって、再びソファに倒《たお》れ込む。

「なんで――っ」

疑問を口にする間もないまま、押し倒される体勢になり、深く口付けられていた。

驚《おどろ》いて少し抵抗したものの、両手をしっかり押さえつけられていて、それは叶《かな》わない。

「……ん、う……」

上手く言葉にできないけれど、強く求められているのが伝わってきた。

それが嬉しくて、控《ひか》えめながら彼の指先に自身の指を絡《から》め、握《にぎ》り返してみる。

するとキスの合間に、ゼイン様が笑ったのが分かった。

「……君はどこまでかわいいんだろうな」

最後に軽く唇を合わせた後、ゼイン様は私の身体を起こしてくれる。

まだドキドキしてしまいながらも、並んでソファに座った。

「本当にお疲れ様、よく頑張ったな」

「いえ、ゼイン様も本当にありがとうございました。……それと、今の私の姿は忘れていただきたく……」

「ははっ、それほど疲れていたんだろう。仕方ないよ」

ゼイン様は楽しげに笑い、頭を撫《な》でてくれる。

「これからはもっと忙《いそが》しくなるでしょうし、体力もつけないとですね」

正式に聖女として認められたことで、今後は国のもとで聖女の仕事をすることになる。

来週の初めには早速《さっそく》、瘴気《しょうき》に冒《おか》されている土地の浄化《じょうか》へ向かう予定だ。

きっと生活も立場も何もかも、これまでとは大きく変わるはず。大変なことだって辛《つら》いことだって、数えきれないほどあるだろう。

未《いま》だ見つかっていないイザークさんや、動向の掴めないフィランダーの存在だって、気がかりだった。

まだ問題は山積みであることに変わりはないけれど、ゼイン様や大切な人達を守る力を得られたことに、心から安堵と喜びを感《かん》じていた。

「ゼイン様に釣《つ》り合うような人になれるよう、これからも頑張ります！」

「君は最初から、誰よりも素敵な女性だよ」

ゼイン様に左手を掬《すく》い取《と》られ、手の甲に口付けられる。

まさに絵本や小説に出てくる王子様みたいだと、その姿に見惚《みと》れてしまう。ゼイン様はやっぱり主人公そのものだと思っていると、ふと指に違和感を覚えた。

「……え」

そして視線を向けた先、私の左手の薬指には見覚えのない指輪があって息を呑《の》む。

美しいウェーブが重なったリングの中央にあるダイヤモンドが、虹色《にじいろ》に輝く。

この雰囲気《ふんいき》と今の私達の関係性で指輪を渡される意味くらい、普段周りから鈍感《どんかん》だと言われる私も流石《さすが》に理解していた。

いつかこんな日が来ることを夢見て、何度も想像していたはずなのに。

いざとなると頭が真っ白になり、何も言葉が出てこない。

私の頬にそっと触れたゼイン様は、ひどく優しい笑《え》みを浮《う》かべる。

「好きだよ。心から君を愛してる。一生、君の側で生きていきたい」

「……っ」

「だからどうか、俺と結婚《けっこん》してほしい」

世界で一番大好きな彼からのまっすぐな愛の言葉に、胸が揺《ゆ》さぶられた。

生きてきた中で今が最も嬉しくて幸せで、ゼイン様への想《おも》いが込《こ》み上《あ》げてくる。

そんな気持ちは涙《なみだ》となって、溢れて止まらなくなった。

「……う、……っく……」

「君は本当に泣き虫だな。そんなところも好きだよ」

ゼイン様は眉尻《まゆじり》を下げて微笑み、止《と》めどなくこぼれる涙を指先で拭《ぬぐ》ってくれる。

子どもみたいに泣いてしまう私の額に自身の額をあて、顔が近づく。

「っ本当に、本当にずっと、ゼイン様のことが好きで」

「ああ」

「わ、私も……一生、ゼイン様と一緒に、いたい、です……」

「……ありがとう。絶対に幸せにする」

ゼイン様の声音《こわね》や私に触れる手、何もかもがあまりにも優しくて、また涙が溢れる。

涙でぐしゃぐしゃな私は絶対に目も当てらない姿をしているのに、ゼイン様は「かわいい」「好きだよ」と愛《いと》おしげに繰《く》り返《かえ》すから、しばらく私の涙が止まることはなかった。

しばらくして私はようやく泣《な》き止《や》み、痛む目元を治癒魔法《ちゆまほう》でそっと治した。

まだ気持ちはふわふわしていて、プロポーズをされ、結婚を誓《ちか》った実感はない。けれど左手の薬指で輝く指輪が、全て現実なのだと教えてくれる。

「君がすぐに受け入れてくれて良かったよ。人生で一番緊張した」

「えっ？　私がゼイン様を断るはずなんてないです！」

「……少し前までの君は、まだどこか俺に対して一線を引いているような気がしたから」

そんなゼイン様の言葉に、思い当たることはあって。聖女としての力が目覚める前、戦争が起こる未来に怯《おび》えていたことで、きっとそう感じさせてしまったのだろう。

いつだって私を一番に考え、大切にしてくれるゼイン様を不安にさせてしまったことを反省しつつ、もう二度とそんな想いをさせないようにしようと固く誓う。

「それに君が王妃《おうひ》になりたいと言い出したら困るとは思っていた」

「王妃、ですか？」

馴染《なじ》みのないワードに首を傾げる私に、ゼイン様は続けた。

「実は先日、殿下《でんか》に呼び出されたのは、君と殿下の婚約《こんやく》話が上がっていたからなんだ」

「わ、私とサミュエル殿下がですか……!?」

「ああ。まだ候補に上がった程度だが、その話を潰《つぶ》すために殿下と動いていたんだ」

次期国王である殿下と私が婚約だなんて、笑えない冗談《じょうだん》にも程《ほど》がある。

他の候補の令嬢達はきっと素晴《すば》らしい方々だろうし、いずれ候補からは一番に脱落《だつらく》していたに違いないけれど、それにしたってどうかしている。

「グレースが最近改心したという話が広まっていること、陛下に対して心から忠誠を誓っていない俺が君と結婚して権威《けんい》を高めることを、危惧《きぐ》しているんだろう」

「そ、そうだったんですね……」

理屈《りくつ》としては理解できるものの、斬新《ざんしん》すぎる組み合わせに絶句してしまう。

ゼイン様曰《いわ》く、殿下が積極的に動いていたのは私が嫌《いや》なのではなく、ゼイン様との関係悪化を恐《おそ》れてのことだそうだ。

その上、正式に王族の婚約者候補になると、婚約者が決定するまで他の男性との婚約はおろか、二人きりで会うことすらできなくなるんだとか。

「俺から君を奪《うば》おうとしたんだ、絶対に許してはおけないな」

頬杖《ほおづえ》をつくゼイン様の唇は美しい三日月を描《えが》いているものの、アイスブルーの両目は氷のようにひどく冷たく、全く笑っていない。

その圧倒的《あっとうてき》な美貌も相まってものすごく迫力《はくりょく》があり、ぞくりとしてしまう。

私も絶対に怒《おこ》らせないようにしようと、強く決心するくらいに。

「だが、これで俺達の邪魔《じゃま》をするものは何もなくなった」

シーウェル王国の上位貴族は、基本的に一年の婚約期間を設けることになっている。

私とゼイン様もその慣習に則《のっと》り、これからは婚約者として過ごすはず。

「はい、改めてこれからもよろしくお願いします」

「ああ。もしもまた君が別れたがったとしても絶対に逃がさないから、覚悟《かくご》してくれ」

「ふふ、望むところです」

いつかのやりとりに似た、けれどあの時とは全く違う意味を持つ言葉を交《か》わしながら、幸せな笑みがこぼれる。

この先どんなことがあったとしても、側を離れるつもりなんてない。

「……ゼイン様、愛しています」

そんな気持ちを込めて想いを伝えると、ゼイン様は幸せそうに蜂蜜色の目を細めた。

そしてどちらからともなく、求め合うように唇を重ね合う。

後頭部に手を回され、ぐっとさらに深く口付けられる。

やがて唇が離れる頃《ころ》には、私の目にはうっすらと涙が浮かんでいて、ゼイン様は最後にもう一度目尻《めじり》にキスを落としてくれた。

「俺の方が絶対に君を愛してるよ」

「ふふ、そうかもしれません」

顔を見合わせて微笑み、ゼイン様に抱きしめられながら、この幸せがいつまでも続くようにと願わずにはいられなかった。

【番外編】ファーストキスの相手

ある晴れた日の昼下がり、私はセンツベリー侯爵邸《こうしゃくてい》にてゼイン様とゆっくりのんびり穏《おだ》やかに過ごしている、はずだった。

「――つまり、君が初めて口付けた相手はヘイルだと？」

「そ、そうらしいです……私は記憶《きおく》がないんですが……」

なぜかそんなセンシティブな話題になっており、冷《ひ》や汗《あせ》が止まらない。

こんな話をするつもりなんてなかったのに、ゼイン様に誘導尋問《ゆうどうじんもん》され、今に至る。

『ファーストキスが見知らぬ相手なんて……』

『あ、俺ですよ』

『……なんて？』

『お嬢様《じょうさま》のファーストキスの相手は俺です』

ウィンズレット公爵《こうしゃく》領で、エヴァンからそんな衝撃《しょうげき》的な話を聞いてしまって以来、私自身もその話には触《ふ》れていなかった。

隣《となり》に座るゼイン様の唇《くちびる》は弧《こ》を描《えが》いているけれど、その目は全く笑っていない。

「ヘイルを呼んできてくれないか？　いるんだろう」

「えっ……い、今ですか？」

「ああ。今すぐに」

ものすごく気が重かったものの、笑顔《えがお》のゼイン様の圧に押し負けた私は、別室でハニワちゃんと控《ひか》えているエヴァンを呼び出した。

普段《ふだん》通り飄々《ひょうひょう》とした様子でやってきたエヴァンは「どうかしました？」と首を傾《かし》げる。

「君がグレースとキスをしたという話について、聞かせてもらえないか」

「ああ、その話ですか」

全く驚《おどろ》くことも動じることもなく、エヴァンはぽんと手のひらに拳《こぶし》を乗せた。

「当時、お嬢様に『今の出来事は全て忘れろ』『二度と口にするな』と三十発くらい頭を殴《なぐ》られたのですが……ご本人が良《い》いというのであれば、お話ししますね」

「お、お願いします……」

本題の前から既《すで》に前置きがおかしいものの、ごくりと息を呑《の》んで次の言葉を待つ。

「昔のお嬢様はまあ皆《みな》さんご存知の通り、よく男性と遊んでいまして……その相手と交際関係に至ることも少なくはありませんでした。複数同時進行なんかもありましたね」

「………」

私自身がしたことではないとはいえ、ゼイン様の前でこの話題は非常に気まずい。

ゼイン様は足を組み、冷ややかな表情でエヴァンを見つめている。

「そんなある日、男の一人が無理やりお嬢様にキスをしようとしたことがあったんです。お嬢様は激怒《げきど》してしまって、相手の男は闇《やみ》に葬《ほうむ》り去《さ》られたのですが」

「…………」

「それなりに危機感を抱《いだ》いたらしく、本気で好きでもない男で初めてを済ませるくらいなら、知人で一番顔が良く、よく見知っている俺がいいと言い始めたんです」

「えええええっ」

予想を超《こ》えたとんでもないグレースの行動に、目眩《めまい》がしてくる。

彼女の思考回路が全くもって理解できず、もう隣のゼイン様の方を向けずにいた。

「ですが俺も大人なので『大事にとっておくべきですよ』と諭《さと》しました。とはいえ、当時のお嬢様が俺の忠告なんて聞いてくれるはずもなく、生意気だと殴られまして」

「…………」

グレースの話を聞いていると、普段様子のおかしいエヴァンがまともに思えてくる。

そしてゼイン様は一体、どんな気持ちでこの話を聞いているんだろう。私は穴があったら今すぐ地中深くまで潜《もぐ》りたくなっていた。

「まあ俺がズタボロになった結果、なんとか頬《ほお》で済ませてもらうことには成功しました」

「ほ、頬……!?　本当に？」

「はい。唇にはしていませんよ」

人差し指を口元にあて、エヴァンはにっこりと微笑《ほほえ》む。

そう聞いた途端《とたん》、心底安堵《あんど》し肩《かた》の力が抜《ぬ》けていくのが分かった。エヴァンのことはもちろん人として大好きだけれど、唇にキスをしていたらと思うと気まずくて仕方なかった。

すると同時に、目元を片手で覆《おお》ったゼイン様が「はー……」と溜《た》め息《いき》を吐《つ》く。その様子からは彼も安堵しているのが窺《うかが》えて、心底申し訳なくなった。

「つまりヘイルは頬にキスをされただけなんだな」

「はい。その後、お嬢様が誰《だれ》かとそういった行為《こうい》をされたこともなかったかと」

「……そうか」

グレースは何でもエヴァンに話していたらしく、情報の信憑《しんぴょう》性はかなり高いという。

その後、私はエヴァンに「色々とごめんなさい」と謝り、彼は部屋を出て行った。

「…………」

「…………」

部屋に二人きりになり、なんとも言えない沈黙《ちんもく》が流れる。

やがてこの静寂《せいじゃく》を破ったのは、ゼイン様だった。

「君には申し訳ないが、どうしようもなく安心した」

「私こそ本当にごめんなさい。記憶がない間とはいえ、あんな……でも、良かったです」

ゼイン様はふっと口角を緩《ゆる》めると、私に向き直った。

「君の初めてが俺で良かった」

頬に手を添《そ》えられ、親指で唇を軽く押される。

「……ゼイン様も私が初めて、ですか？」

「もちろん」

恐《おそ》る恐る尋《たず》ねるとゼイン様はすぐに頷《うなず》いてくれて、胸の中に安堵感が広がっていく。

小説を読んでいた以上、きっとそうだとは思っていたけれど。ゼイン様はいつだってスマートだから、手慣れているようにも感じてしまっていた。

「すごく嬉《うれ》しいです」

お互《たが》いが初めての相手であることが嬉しくて、思わず笑《え》みがこぼれる。

するとゼイン様も「ああ」と微笑んでくれた。

「君はこの先一生、俺以外と触れ合《あ》うことはないから観念してくれ」

「はい」

そんな言葉に笑顔で返事をして、近づいてくるゼイン様の唇を受け入れながら、私はエヴァンと元のグレースに初めて感謝をしたのだった。

あとがき

こんにちは、琴子《ことこ》と申します。この度《たび》は「破局予定の悪女のはずが、冷徹公爵《れいてつこうしゃく》様が別れてくれません！」三巻をお手に取ってくださり、ありがとうございます。

皆《みな》さまのお蔭《かげ》で三巻を出すことができて、本当に嬉《うれ》しいです！

ゼインと恋人《こいびと》になったことでいちゃいちゃするシーンも増え、大満足です。今後、まだまだいちゃいちゃさせたいです。いちゃいちゃを書くために生きています。

相変わらず様子のおかしいエヴァン、超《ちょう》かわいいハニワちゃんなどもとっても楽しく書くことができました。最近は街中でハニワアイテムをめちゃめちゃ買ってしまいます。

そして私はランハートも好きすぎて苦しいです。頼《たの》むから幸せになって……（頭抱《かか》え）

いよいよヒロインである、シャーロットとの直接対決もありました。

歪《ゆが》み、判断を間違《まちが》えてしまった彼女はゼインと結ばれることもなく、たくさんのものを失ってしまいましたが、一番欲しかったものは得られたのかなと思います。

私はヤンデレが何よりも好きな者《もの》なので、イザーク視点は大変滾《たぎ》りました。番外編も本当に楽しく書けて、元のグレースとエヴァンが私はすごく好きです。

そして今回もイラストを描《か》いてくださった宛《あたか》先生、ありがとうございます！　本当に本当に全てが好きで、毎回生きがいです。解釈一致《かいしゃくいっち》超《ご》えはもちろんのこと、全てが美しすぎて神です。いや本当に宛先生、好きです……。

また、今回私がスケジュール事故を起こし、ものすごくご迷惑《めいわく》をおかけしてしまった担当編集様、大変申し訳ありませんでした……。こんな愚《おろ》か者にもお優《やさ》しく、女神《めがみ》です。本作の制作・販売《はんばい》に携《たずさ》わってくださった全ての方に、感謝申し上げます。

最高にかわいくてときめくコミックス二巻も大好評発売中です！　連載では書籍《しょせき》二巻の内容にあたる二部も開始されていて、本当に素敵《すてき》なので絶対に読んでいただきたいです。ゼインがほんっとうに格好良くてグレースがかわいくて……すっごく大好きです！

最後になりますが、ここまで読んでくださった皆さま、本当にありがとうございます。まだ書きたいことがたくさんあるので、再びお会いできることを祈《いの》っております。

琴子

■ご意見、ご感想をお寄せください。
《ファンレターの宛先》
〒102-8177 東京都千代田区富士見2-13-3
株式会社KADOKAWA ビーズログ文庫編集部
琴子 先生・宛 先生

ビーズログ文庫

●お問い合わせ
https://www.kadokawa.co.jp/ (「お問い合わせ」へお進みください)
※内容によっては、お答えできない場合があります。
※サポートは日本国内のみとさせていただきます。
※Japanese text only

破局《はきょく》予定《よてい》の悪女《あくじょ》のはずが、冷徹公爵様《れいてつこうしゃくさま》が別《わか》れてくれません! 3

琴子《ことこ》

2024年3月15日 初版発行

発行者 山下直久
発行 株式会社 KADOKAWA
〒102-8177 東京都千代田区富士見2-13-3
(ナビダイヤル) 0570-002-301
デザイン 島田絵里子
印刷所 TOPPAN株式会社
製本所 TOPPAN株式会社

ISBN978-4-04-737857-5 C0193

定価はカバーに表示してあります。

◇◇◇

ビーズログ文庫
二度目の異世界、
少年だった彼は
年上騎士になり
溺愛してくる
助けた少年がハイスペ騎士に成長!?
恩返しと称した極甘生活がスタート!
①〜②巻、好評発売中!
琴子《ことこ》
イラスト／氷堂《ひどう》れん　キャラクター原案／綾月《あやつき》もか
試し読みはここをチェック★
異世界に飛ばされたサラは森で倒れていた少年ルークを助け一緒に暮らすも、突然元の世界に戻されてしまう。しかし3年後、再び異世界に！　年上騎士になったルークに再会すると恩返しと称した極甘な生活が始まり!?

ビーズログ文庫
綺麗事だらけの世界なんて、絶対イヤ。
異世界悪役令嬢転生記!
悪役令嬢になるほど王子の溺愛は加速するようです!
歴史に残る悪女になるぞ
シリーズ好評発売中!
TVアニメ化決定!
大木戸《おおきど》いずみ
イラスト/早瀬《はやせ》ジュン
B's-LOG COMICにてコミカライズ♪
試し読みはここをチェック★
"いい子ちゃん発言"が大ッ嫌いな私が、悪役令嬢に転生!! 体を鍛えて猛勉強し、誰にも文句を言わせない悪女になってやる──! と思ったのに、悪役になろうとすればするほど周囲の好感度が上がるようで!?